던전사냥꾼

Dungeon Hunter

던전사냥꾼 2
Dungeon Hunter

온후 현대 판타지 장편 소설

초판 1쇄 찍은 날 | 2016년 3월 23일
초판 1쇄 펴낸 날 | 2016년 3월 30일

지은이 | 온후
펴낸이 | 예경원

기획 | (주)위시북스
편집책임 | 박우진
편집 | 이즈플러스

펴낸곳 | 예원북스
등록번호 | 제396-2012-000132호
등록일자 | 2012. 7. 25
KFN | 제1-002호

주소 | 경기도 고양시 일산동구 호수로 646-24 위너스21 II 빌딩 206A호 (우)10401
전화 | 031-819-9431 팩스 | 031-817-9432
E-mail | yewonbooks@naver.com

ISBN 979-11-5845-628-3 04810
　　　979-11-5845-629-0 (set)

※ 파본은 구입하신 서점에서 교환하여 드립니다.
※ 저자와 협의하여 인지를 붙이지 않습니다.
※ 이 책은 예원북스와 저작자의 계약에 의해 출판된 것이므로 무단 전재 및 유포, 공유를
　　금합니다
※ 이 도서의 국립중앙도서관 출판시도서목록(CIP)은 서지정보유통지원시스템 홈페이지
　　(http://seoji.nl.go.kr)와 국가자료공동목록시스템(http://www.nl.go.kr/kolisnet)에서
　　이용하실 수 있습니다.

온후 현대 판타지 장편 소설

WISHBOOKS MODERN FANTASY STORY

던전사냥꾼

Dungeon Hunter ②

Wish Books

던전사냥꾼
Dungeon Hunter

CONTENTS

Chapter 7

던전의 내실을 다지다

Dungeon Hunter

코볼트와 고블린 우두머리들.

처음엔 아홉이었으나 지금은 고작 다섯뿐이었다.

전쟁 중 넷이 죽어 나간 것이다. 1,700에 달하던 부대의 숫자도 절반 이하로 떨어져 있었다.

그만큼 전쟁이 격렬했다.

물론 그런 것치곤 각성자 대부분을 내가 혼자 맡았으나, 약속은 약속.

나는 우두머리들의 공을 따져 높은 순서대로 다수의 암컷을 안겨줬다.

막 소환되어 겁에 질린 코볼트와 고블린 암컷들이 몸을 떨었지만, 우두머리들은 아랑곳하지 않고 정해진 숫자를 자신의 부대에 집어넣었다.

"키엑! 던전 마스터! 고맙다!"

"숫자 늘린다! 강한 코볼트 만든다!"

"내가 제일 열심히 할 거다. 이제 혼자 안 해도 된다!"

저 마지막 놈은 아직도 살아 있었나 보군.

나는 그들을 보내며 벌어들인 포인트를 확인했다.

[포인트 잔여 : 1,174,357]

허공에 뜬 메시지 창을 바라보며 나는 기분 좋게 턱을 쓸었다.

마계 옥션이 열리기 전에 백만 포인트쯤 모으고 싶었는데 이번 일로 인해 소기의 목적이 달성되었다.

'광고의 힘이란 말이지…….'

솔직히 외국인 각성자가 이리도 몰려올 줄은 나도 예상하지 못한 바다.

단순히 양식하는 각성자들의 성장 촉진을 위해서 보물을 풀어놓고 대대적으로 알렸을 따름이었다.

한데, 국내보다 국외에서 이처럼 열렬한 반응을 보내올 줄이야.

예상외의 선물은 언제나 기쁜 법이다.

나는 검지로 관자놀이를 꾹 눌렀다.

'조금 더 투자를 늘려볼까?'

확실히 구미가 당긴다.

지금 시점에서 백만 포인트는 어마어마한 수치다.

아니, 지금 시점에서뿐만이 아니라 전생을 통틀어서도 무시하지 못할 액수다.

감히 최상급 마수 그리핀을 소환할 수도 있는 정도.

물론 그리핀은 최상급 마수 중 가장 레벨이 낮지만 입에서 뿜어대는 불꽃과 번개는 재앙이라 칭할 만한 힘을 가졌다.

각성자 수준이 낮은 현시점에 그런 걸 풀어놓으면 수만, 수십만의 인간이 몰살당할 것이다.

작은 국가 하나쯤은 괴멸 상태로 몰아넣을 수 있다.

그러나 백만 포인트를 '잔여'로 가지고 있는 마족은 없을 터였다.

마계 옥션에서 확실한 우위를 점할 수 있다는 뜻이다.

내가 낙점한 크라스라 외에도 생각 난 것을 몇 개나 구할 수 있을 듯싶었다.

그렇다면 던전을 다지는 데 조금 더 포인트를 사용해도 나쁘지 않을 것 같았다.

'그간 던전에 퍼뜨려 놓은 보물이 4만 포인트. 이걸 10만 포인트까지 늘려서…… 천명회 외의 길드에서도 숨겨진 아이템을 발견하게 만들어야겠지. 천명회가 앞질러 가는 걸 두고 보진 않을 테니 분명히 의도적으로 일을 크게 만들 거야.'

다른 네 개의 거대 길드도 정규 공격대를 모집하며 던전을 공략할 구상을 하고 있다는 소식을 김용우를 통해 접한 적이 있었다.

그들이 끼어들어 판을 넓혀주면 최종적인 이득은 내가 얻는다.

그 와중 보물에 눈이 멀어 죽어 나가는 국내 각성자들의 숫자도 만만치는 않겠지만, 단물은 최대한 빨리, 많이 뽑아 먹어야 한다.

감수하는 희생이었다.

'다른 마족들이 눈치채기 전에……. 그들이 내 던전을 판단하고 따라 하기 전에. 내가 다 먹어치워야 한다.'

72개의 던전은 마족의 특성에 따라 모두 다르다.

지금은 초창기였고 아직은 경계하는 기색이 강할 것이다.

포인트의 중요성을 조금씩 깨달아 가며 각성자를 키울 필요성을 느낄 터.

그 롤모델은 내 던전이 될 가능성이 높았다.

그러면, 그 전에 얻을 수 있는 이득을 최대화한다.

나는 호화찬란한 오색의 보물들로 각성자들을 유혹하는 계획을 짰다.

단순히 아이템뿐만이 아니라 진짜 금은보화를 곳곳에 배치할 생각이었다.

"아휴~ 힘들어! 머리통 숫자 세느라 죽는 줄 알았네."

이히가 이마를 훔쳐 나지도 않은 땀을 닦았다.

나는 전쟁이 끝난 직후 이히에게 우두머리들이 가져온 각 성자의 머리통 숫자를 세는 임무를 맡겼다.

덕분에 이히는 녹초가 되어 있었다. 숫자가 맞지 않아 몇 번이나 다시 시켰기 때문이다.

아마 저 말도 내가 들으라고 하는 말을 테다.

피식 웃고는 입을 열었다.

"이히, 정원을 꾸미고 있다고 했나?"

찔끔!

이히가 흠칫했다.

하라는 일은 안 하고 정원을 꾸미던 이히의 행동을 본인에게 들을 수 있었다.

가만히 넘어가면 자기 세상인 양 행동할 것이니 한 번은 언급할 필요가 있었다.

"이, 이히는 그게 좋다고 판단해서…… 요, 요즘 세상이 어느 때인데요. 던전도 아름답고 화사하게 꾸며야 한다고 이히는 생각해요. 우중충한 던전은 우아한 던전 마스터의 품격에 맞지 않아요! 던전 마스터는 대단한 분이시니까 던전도 대단하게 보여야 한다는 말이에요!"

이히는 말을 더듬으면서도 최대한 소신 있게 말했다.

나는 가볍게 고개를 저어 보였다.

"너를 나무라려는 게 아니다."

"……엣, 정말요? 정말 안 혼낼 거예요?"

이히의 눈이 커졌다. 움츠렸던 날개도 다시 파닥이기 시작
했다.

죄를 감추고자 큰소리를 하던 방금 전과는 전혀 딴판이다.

참 알기 쉬운 반응이었다.

이런 이히지만, 코볼트나 고블린의 우두머리보다는 나
았다.

비슷한 급수일 줄 알았는데 이히가 훨씬 똑똑했다.

그 점은 지금 생각해도 의외지만 잠시 머릿속 구석으로 집
어넣고, 나는 헛기침을 한 차례 내뱉었다.

"흠! 그 정원에 마수가 들어오지 않도록 만들 수 있나?"

"그럼요. 안전지대 설정 말이죠? 넓지는 않겠지만 이히가
설정할 수 있는 부분이에요. 어렵게 꾸민 정원을 나쁜 마수
들이 들어와서 망가뜨리면 슬플 테니까요."

안전지대 설정이라.

그런 게 있다는 소리를 들어본 적은 있지만 만들어 본 적
은 없었다.

하지만 다시 생각해 보니 이제는 필요할 듯했다.

각성자들이 마음놓고 쉴 수 있는 장소. 던전에서 생활하며
강해지도록 유도할 수 있는 훌륭한 기반이었다.

포인트의 여유도 있겠다, 본격적으로 던전의 내실을 다질
때가 왔다.

"우선 네가 만들었다는 정원을 봐야겠다."

"네? 아, 아직 완성 못했어요."

"아니다. 일단 보고 나서 말하자."

"힝……."

이히가 고개를 돌려 울상을 지었다.

굉장히 자신 없어 하는 태도다.

그러나 나는 결정을 철회하지 않았다.

뻔히 바라보자 반 포기한 듯 이히의 어깨에 힘이 빠졌다.

"알겠어요. 따라오세요, 던전 마스터. 기대는 마시구요."

"그래."

딱히 기대하진 않았다.

이히가 입술을 삐죽 내밀며 '조금은 기대해 주셔도 좋은데'라며 중얼거렸다. 당연히 못 들은 척 외면하였다.

나는 이히를 따라 이동하기 시작했다.

사실 3층도 걸어서 이동하기엔 넓다.

어지간하면 이동 마법진을 이용하는 편이 좋았다.

던전의 각 층에는 던전 마스터가 이동할 수 있도록 이동 마법진이 새겨진 장소가 있었다.

인간의 눈에는 보이지 않고 오로지 던전 마스터와 던전 코어의 정령만이 볼 수 있었는데, 이동 마법진이 없다면 어마어마하게 넓은 던전을 발로 이동해야 한다.

생각만으로도 끔찍한 일이었다.

'육안으로 보이는 던전과 실제 던전의 크기 차이는 수배에서 수십 배에 달한다. 내 던전이 북한산에 자리 잡았다지만, 그 크기만 보고 들어왔다가 큰코다친 인간이 많았지.'

육안으로 보이는 던전의 크기도 굉장했다.

면적 21㎢, 높이 4,733m.

면적만으로 어지간한 대도시만 하였고, 오세아니아 동북방에 있는 나우루공화국과 같은 넓이를 가지고 있었다.

거기다가 4,700m면 백두산보다 약 두 배 높다.

그런데도 보이는 게 전부가 아니다. 실제로는 그보다 훨씬 컸다.

이만한 곳을 걸어 다닌다니, 미친 짓이다.

실제로 보이는 것만 믿고 들어왔다가 안에서 굶어죽는 각성자도 있었다.

던전 안에선 현대 문명의 기기가 대부분 먹통이기에 조난당하는 일도 비일비재했다.

슈욱—!

요란한 문양이 새겨진 이동 마법진 위에 올라서자 붉은빛이 사방을 감쌌다.

곧 주변의 광경이 달라진 걸 확인할 수 있었다.

이히가 원하는 장소로 이동된 것이다.

까앙—!

까앙—!

도착하자마자 귓가를 간질이는 망치 소리.

'……이건 어마어마하군.'

이내 보이는 광경에 나조차 압도되고 말았다.

먼저, 다섯 드워프가 열심히 망치질을 하는 모습이 보였다.

이히는 던전의 환경을 조성할 권한이 있고 그 권한을 다른 이에게 나눠줄 수도 있다.

특히 건물을 짓는다거나 하는 건 이히 혼자서는 매우 벅찬 일이기에 지금처럼 드워프를 사용하는 경우가 많았다.

문제는 정원의 외견이다.

이건 정원이라기보단 이상한 구축물이라 보는 게 타당할 것 같았다.

언뜻 보면 궁전 같기도 한데 마치 똥처럼…….

아니, 똥 모양이 맞았다.

정원이라기에 풀밭에 오두막집 하나를 생각한 내 상상을 아득히 초월했다.

"엇, 누님 오셨네?"

"뭐? 누님이 오셨다고? 어디!"

"웬 남자랑 같이 있는데?"

이히가 드워프들에게 자신의 모습이 보이는 걸 허락한 모양이다.

이히가 나타나자마자 다섯 드워프가 하던 일을 멈추고 달려왔다.

'누님?'

하지만 호칭이 이상하다.

나는 고개를 갸웃하다가 이히의 기고만장해진 표정을 보곤 대충 이해할 수 있었다.

"너희들! 이히가 시킨 일 열심히 했어, 안 했어?"

"했습니다!"

일렬로 늘어선 드워프가 동시에 답했다.

이히는 여전히 표정을 풀지 않았다.

허리에 양손을 얹고 말했다.

"그런데 왜 아직도 완성이 안 됐어?"

"시간이……."

"자재가……."

"어허. 변명은! 없으면 만들어야지! 자는 시간도 줄이고 밥 먹는 시간도 아끼고 씻는 시간도 없애고 일하라고 분명히 이히가 말 했어, 안 했어?"

이 정도면 인간들 사이에서 불리는 악덕업주 저리 가라다.

드워프들이 울상을 지었다.

"그게 현실적으로 불가능합니다, 누님."

"살려 주십시오. 오늘 한 끼도 못 먹었습니다."

"이러다간 정말 죽을 겁니다."

그러자 이히가 엄포를 놓았다.

"니들이 아직 고생을 덜했구나? 최근 오크 애들 먹이가 부족해서 고민 중이었는데 안 되겠어. 너희들 오크 밥이 될 테야?"

"그, 그건……."

드워프 일동은 여전히 억울하다는 표정으로 입을 닫았다.

어지간해선 물집이 안 잡히는 드워프의 손에 물집이 잡힌 걸 보면 진짜 열심히 한 것 같았다.

"이히, 그만해라."

나조차 이렇게 말할 정도다.

다른 사람을 부릴 때의 이히는 굉장히 엄격한 것 같았다.

이히가 손뼉을 쳤다.

"아, 애들아 빨리 인사드려! 이분이 바로 던전 마스터셔. 너희들이 진짜 주인님이지! 이히를 대하는 것보다 더 깍듯하게! 알지?"

"헉! 던전 마스터!"

"깍듯하게. 무슨 뜻인지 몰라? 니들 진짜 혼나 볼래?"

"주, 주인님!"

드워프 다섯이 대뜸 무릎을 꿇고 땅에 이마를 박았다.

나는 이 광경에 잠시 할 말을 잃었다.

드워프들은 얼마나 시달림을 당했는지 피골이 상접한 상태였고 이히를 무슨 괴물 바라보듯 바라보고 있었다.

"……일어나라."

"아닙니다! 어찌 저희 같은 것들이 감히 던전 마스터와 눈을 맞추겠습니까?"

"너희들이 일어나도 내 눈을 맞출 수는 없다. 일어나라."

"그, 그것도 그렇군요."

드워프는 작다. 요정보다는 크지만 내 배꼽 정도의 크기밖에 되지 않았다.

그들이 일어나도 나와 같은 선상에서 눈을 맞추는 일은 없었다.

내심 납득한 드워프들이 자리에서 일어났다. 그리곤 내 눈을 보며 움찔했다.

나는 작게 혀를 차고 말했다.

"지금 너희가 만들고 있는 게 뭐지?"

가운데에 선, 대표 드워프가 입을 열었다.

"던전 마스터께서 쉬실 휴양처라고 누님이 말씀하셨습니다."

모양은 똥이지만 휴양처라는 것 같았다.

이 디자인을 구상한 게 이히라는 것쯤은 굳이 깊게 생각하지 않아도 알 것 같았다.

혹시 이히에게 신체가 존재한다면 뇌를 한 번쯤은 구경해 보고 싶다.

주름이 있나 없나…….

"완공까지 얼마나 걸릴 것 같나?"

드워프가 슬쩍 이히의 눈치를 보았다.

"자, 자재만 있다면 오 일이면 충분합니다."

"상당히 빠르군."

"무언가를 만드는 건 누구보다 자신 있습니다."

확실히 자부심이 넘치는 얼굴이었다.

나는 고개를 끄덕였다.

"이 건물을 절반 정도 축소시켜서 우선 다섯 개 정도를 층마다 하나씩 설치하고 싶다. 기한은 한 달. 필요한 드워프의 숫자와 자재를 이히에게 말해라. 지금처럼 혹사시키지 않는 선에서 일을 진행할 수 있도록 해두마."

"저, 정말입니까?"

"하루 세 끼의 식사와 1시간에 10분씩 쉬는 시간을 주겠다. 그리고 앞으로 최소 6시간은 취침할 수 있을 것이다."

안 그랬다간 드워프들이 먼저 죽어 나갈 것 같았다.

이것도 굉장히 짜게 주는 거지만 지금 이들의 몰골은 이조차 지키지 못하고 있는 모습이다.

최소한 생명을 유지하려면 필요한 발언이었다.

"오오! 던전 마스터시여! 내 주인님이시어!"

"믿습니다. 진정 믿습니다!"

그들은 감격의 눈물을 흘렸다.

거짓이 아닌 진짜 마음에서 우러나오는 눈물.

무릎을 꿇으며 오열하기 시작했다.

나는 이히를 쳐다봤다.

'얼마나 못살게 굴었기에 이 정도이냐?' 하고 묻는 내 눈빛에, 이히는 고개를 돌려 모르는 척 콧노래를 불렀다.

'흐음, 이히에게 이런 재능이 있었던가?'

살짝 당황스럽긴 하였으나 뭐, 나쁘지 않았다.

내 앞에선 하도 허당처럼 굴기에 의외의 눈빛을 던졌을 뿐이다.

전생에서 나는 이히에게 포인트 사용 권한을 맡긴 적이 없었다.

던전 자체도 빠르게 잃어서 이히의 이런 재능을 발견하지 못했다.

하지만 생각해 보니 이것도 훌륭한 채찍과 당근이다.

이히가 악덕업주처럼 상대방을 쥐어짜면, 반발심이 들 때쯤 내가 나선다.

아주 조금 환경을 개선시켜 주는 것만으로도 이렇게 기쁨의 눈물을 흘리지 않나.

조금만 더 이히의 재능이 완숙의 경지에 다다르면 스스로 완급 조절도 잘 해내리란 생각이 불현듯 들었다.

밑바닥에서 일해야 할 일꾼들이 죽어선 곤란하니까. 이히는 조금 더 경험을 쌓을 필요가 있었다.

비싼 포인트를 들여 소환했고 그들의 뼈와 살, 피 한 방울까지 나의 것이었다.

하루 세 끼와 시간마다 10분의 휴식 시간, 6시간의 취침

등은 생명을 존속하기 위한 마지노선에 지나지 않았다.

'디자인은 구리지만…… 내가 쉴 곳이 아니니.'

각성자들은 안전하다면 물불 가리지 않을 것이다.

흉악한 마수들을 피해 기꺼이 이 똥 궁전 안으로 몸을 들이리라.

그러니 디자인은 어찌 되었든 좋았다.

"마, 마스터. 어때요? 아름답지 않았나요?"

때마침 이히가 수줍게 볼을 밝히며 말했다.

이히와 나는 3층에서 벗어나 던전 코어의 근처에 있었다.

던전 코어가 더욱 빛을 뿜어대는 걸 보아 이히가 상당히 긴장을 하고 있는 듯했다.

나는 가볍게 고개를 끄덕였다.

"여러 의미에서 아름답더군."

"이히히."

이히가 활짝 웃었다.

여러 의미가 무슨 의미인지 묻지 않아서 다행이었다.

"이히, 내가 말한 사항을 준수해라."

"알겠어요."

"그러나 굳이 너의 행동을 바꿀 필요는 없다. 여태까지 했던 것처럼, 저들이 보다 열심히 일하도록 만들어야 할 것이다. 그 일은 전적으로 네게 맡기마."

"그래도 괜찮아요?"

"나는 던전에 있을 시간이 많지 않다. 누군가에게 임시로 던전을 맡겨야 하는데, 너만 한 적임자가 없지 않느냐."

신뢰를 담아 말하자 이히가 눈을 크게 떴다.

"제, 제가 그런 큰 중책을 맡을 수 있을까요?"

"이히, 앞으로 상당히 바빠질 거다. 하고 싶지 않아도 해야 할 일이 산더미처럼 늘어날 거야. 그리고 난 앞으로도 중요한 일들을 너에게 맡기겠지. 그때마다 지금처럼 자신 없어하는 모습을 보인다면, 나는 적잖이 실망하고 말 것이다."

"아니에요! 이히는 마스터를 절대 실망시키지 않을 거예요!"

이히가 도리도리 고개를 젓고는 주먹을 불끈 쥐었다.

내가 맡기는 일이라고 해봤자 던전의 생태에 관한 것이거나, 드워프들을 부리듯 일꾼들을 관리하라는 게 대부분이겠지만, 의욕을 내서 안심이었다.

"믿는다."

"이히~"

"그보다 이히, 내정 모드로 들어가자. 3층의 오크를 충원하고 이번 기회에 5층을 손봐야겠다."

"알겠습니다, 마스터!"

슈웅―

곧 던전 코어가 홀로그램을 띄웠다.

나는 던전의 현황을 바라보다가 3층의 오크를 100마리 더

충원했다.

이번 일로 대부분의 오크를 잃었다. 적어도 번식할 수 있는 숫자가 필요했다.

처음 50마리 정도에서 시작하여 9개월 만에 겨우 200마리까지 불렸건만, 그중 9할이 사망했으니 이것만큼은 뼈아픈 손해라고 할 수 있었다.

오크의 임신 기간은 3개월이며 한 번에 다섯 마리 정도의 새끼를 낳는다.

그리고 고작 6개월 만에 성체가 된다.

실제로는 1년 반쯤이 걸려야 정상이지만 던전 특유의 마나 파장이 성장을 촉진시키는 것이다.

그 특성 덕분에 다시 4개월가량이 지나면 원래의 숫자가 복원될 터였다.

'조금 아깝긴 하군.'

오크는 한 마리에 700포인트.

고블린이나 코볼트는 35포인트면 충분한 반면 오크는 비싼 녀석이었다.

'그러나 5층까진 만들어 놓을 필요가 있다.'

이번 일처럼 내가 계속해서 나설 수는 없는 노릇이었다.

내가 잠깐 신경 쓰지 못하는 사이에 각성자들이 4층을 넘어서면 최상층까지는 그들을 막을 게 없었다.

그들에게 한차례 절망을 안겨줄 5층이 필요해진 시점이

었다.

나는 구입할 수 있는 마수 목록을 띄웠다.

[최하급 마수 목록]

고블린 2Lv - 35pt

코볼트 2Lv - 35pt

에일스네이크 1Lv -20pt

식육박쥐 1Lv - 20pt

슬라임 3Lv - 200pt

스켈레톤 4Lv - 500pt

좀비 4Lv - 450pt

미믹 5Lv - 1,200pt

놀 2Lv - 80pt

크레이지 하운드 2Lv - 120pt

······.

[하급 마수 목록]

오크 2Lv - 700pt

머드 골렘 5Lv - 2,000pt

꼭두각시 인형 2Lv - 900pt

스노우맨 3Lv - 999pt

거대 식인꽃 4Lv - 1,400pt

수면 나방 3Lv - 1,100pt

가고일 5Lv - 1,900pt

하피 4Lv - 1,200pt

…….

목록이 워낙 많아서 수 개의 창이 동시다발적으로 떠올랐다.

정리되지 않고 뒤죽박죽으로 섞여 있어서 원하는 마수를 찾는 데 상당한 시간을 들여야 한다.

그리고 Lv은 그 급수에서의 보편적인 강함을 수치화시킨 것으로, 최대 5까지 존재한다.

놀은 최하급 2Lv, 오크는 하급 2Lv, 이런 식이었다.

어디까지나 보편적인 수치다. 무조건 맹신해선 안 된다. 참고 정도만 하는 편이 가장 좋다.

"머드 골렘으로 시작해야겠군."

5층은 각성자들에게 최초로 절망을 맛보게 할 장소였다.

엄청난 난이도의 상승은 없겠지만 4층까지 경험하고 올라온 각성자들은 금세 발걸음을 되돌릴 수밖에 없을 것이다.

아니면 죽거나.

5층의 입구는 두 개였다.

나는 머드 골렘 20기를 구입해 열 기씩 5층의 입구 쪽에 배치시켰다. 그 주변에 꼭두각시 인형 30마리를 보조로 붙였다.

꼭두각시 인형은 마계의 스캐빈저들이 부리는 도구다.

각종 금속과 약물, 마법과 주술을 이용해 주인의 명령에만 따르는 인형을 만든다.

워낙 스캐빈저들의 손재주가 조잡해 그다지 강력하진 않지만 전투적인 측면에선 오크보다 나았다.

'번식종은 하피가 괜찮겠지.'

층마다 번식할 수 있는 종이 하나씩은 있어야 했다.

고블린, 코볼트, 오크는 천적이 없으면 무한정 늘어나는 것들이니 적절히 균형을 유지시킬 필요가 있지만 하피는 늘어나는 속도가 둘에 비해 느리다.

머드 골렘과 꼭두각시 인형이 입구를 지키는 동안 어느 정도 늘어나려면 최소 50마리 이상이 필요했다.

나는 5층에 하피 80마리를 들여놨다.

이로써 총 26만 포인트를 내정에 사용했다.

남은 포인트는 91만이 조금 넘었다.

여기서 던전의 보물을 늘리면 더 줄어들 것이었다.

'이 정도는 금방 복구한다. 지금 이 순간에도 던전의 보물을 노리고 부나방처럼 달려드는 각성자가 많으니까.'

수많은 한국의 각성자는 굳이 위험을 무릅쓰지 않는다.

홈페이지와 길드의 영향이다. 땅이 좁아서 그런지 나름 통제가 잘됐다.

반면 해외는 그렇지가 않다.

밀입국을 해서라도 던전에 들어오려는 각성자가 많았다. 그들만 처리해도 소모된 포인트는 보충할 수 있었다.

"일단 이 정도로 해두지."

"끝나셨어요?"

"그래."

고개를 끄덕이며 내정 모드를 종료시키자 이히가 가만히 나를 쳐다보고 있었다.

"왜 그렇게 보는 것이냐?"

"이히히. 그냥요."

할 것도 없는 요정이다.

"이제 가 보마. 이다음의 일은 너에게 맡기겠다."

"맡겨만 주세요!!"

우렁차게 대답한 이히였지만 금세 시무룩해졌다.

던전 코어는 마스터인 나와 연결되어 있고, 이히는 그 던전 코어에 묶인 요정이다.

영혼으로 엉켜 있으니 내가 가는 것이 섭섭하겠지.

이히의 이런 모습은 처음 보지만, 기본적으로 수다쟁이인 요정이다. 대화할 상대가 필요할 터라고 예상할 수 있었다.

"그런데…… 너와 통신할 수단이 하나쯤은 있어야 할 것 같군."

피식 웃으며 말했다.

만물상점을 찾아보면 이히도 사용할 수 있는 통신 마법이 걸린 물건이 하나쯤은 있을 것이다.

"아! 그, 그러면, 제가 감히 던전 마스터의 신체에 마법을 하나 새겨도 될까요?"

"마법도 사용할 줄 아나?"

전생을 통틀어, 던전 코어의 요정이 마법을 사용했다는 이야기는 들어본 적이 없었다.

그들은 그저 도우미일 따름이다.

신체가 없기에 물리적인 영향을 끼칠 수도 없고, 던전을 관리하며 조언 몇 마디 해주는 게 요정의 역할이었다.

흥미가 동할 수밖에 없었다.

이히가 손가락을 꼼지락거렸다.

"많이는 사용할 수 없지만요. 사용하기도 싫구요. 그래도 던전 마스터는 이히에게 매우 잘해주시는 걸요. 그러니까 논외예요."

"마음대로 해라. 어디다가 새기면 되지?"

"그게……."

"그게?"

"입술인데요……."

"알겠다. 어서 새겨라."

대수롭지 않게 말했다.

요정의 마법이라는 걸 보고 싶기도 하였다.

그러자 이히의 뺨이 발그레해지며 쉴 새 없이 날개가 퍼덕였다.

"그, 그럼 할게요……?"

"나는 두 번 말하는 걸 싫어한다. 해라."

"우선 눈을 감아주세요."

"그럴 필요가 있나?"

무슨 마법이기에 눈을 감을 필요가 있단 말인가.

의아해서 묻자 이히가 눈에 힘을 빡! 줬다.

"그래야 더 마법을 잘 사용할 수 있거든요."

"희한하군."

요정의 마법이라 그런가?

하긴, 던전 코어의 요정이 최초로 마법을 사용하는 걸지도 모르는 일이다. 충분히 허락할 수 있는 범위였다.

나는 눈을 감았다.

곧 이히가 정면으로 날아와 잠시 멈춰 섰고…….

쪽!

하는 소리와 함께 입술을 부딪쳤다.

살짝 인상을 찌푸리며 눈을 뜨자, 허공에 메시지 창이 떠 있었다.

「놀라운 업적! 최초로 던전 코어의 요정에게 축복을 받았습니다.」

「칭호 '최초로 요정의 축복을 받은 자'가 주어집니다.」

'이건……'

칭호라니!

여태껏 내가 얻은 칭호는 '불굴의 전사'밖에 없었다.

그런데 지금 두 번째 칭호를 얻은 것이다.

나는 이히의 만행도 잊고 급히 상태창을 띄웠다.

이름 : 랜달프 브뤼시엘

직업 : 마계 백작(던전 마스터)

칭호 :

　*불굴의 전사(Ex U, 모든 능력치+2)

　*최초로 요정의 축복을 받은 자(U, 마력+6)

능력치 :

　힘 79(+2)

　지능 64(+2)

　민첩 74(+2)

　체력 80(+2)

　마력 82(+8)

　잠재력 (382+16/500)

특이사항 : 나락군주의 심장을 이식했습니다. (온전한 힘을 개방하지 못

　　　한 상태입니다.)

스킬 : 스킬 조합(R), 심안(U)

[전후 비교]

힘 79 지 65 민 75 체 82 마 84 잠재력 (375+10/500)

힘 81 지 66 민 76 체 82 마 90 잠재력 (379+16/500)

등급도 예사롭지 않았다.

유니크. 유일무이한 칭호!

마력을 6이나 올려주는 보배로운 이름이었다.

순수 마력 82에 칭호 효과로 8이 더 올라, 이로써 내 마력
은 90을 넘어섰다.

능력치 90부터는 전혀 다른 세계가 펼쳐진다.

마력은 마법의 위력과 주변의 지배력 등과 아주 깊은 연관
이 있다.

내가 작심하고 마력을 개방하면 어지간한 마족들도 위엄
을 느낄 것이다.

위축되고 놀라겠지. 전생에선 지능과 마력이 낮아서 고생
했는데, 지금은 마력이 가장 높았다.

나는 헛웃음을 삼키고 이히를 바라봤다.

이히가 부끄러운 듯 볼을 양손으로 감싸고 있었다.

그러면서도 슬쩍 내가 화를 낼까 봐 눈치를 보고 있었다.

하지만 축복에, 칭호까지 가져다주었는데 화를 낼 리가 없

었다.

"고맙다."

도저히 입에 잘 안 달라붙는 말.

어색하기 그지없었다.

누군가에게 진심으로 고마워한 일 따위는 손에 꼽을 정도였다.

그러나 지금은 고마움을 전할 때다. 어색하다고 입 다물 순 없는 노릇이었다.

이히는 진심으로 기쁜 듯 빙그레 웃었다.

"이히히, 뭘요. 이제 던전 마스터는 원하실 때 이히와 대화를 나눌 수 있어요. 이히도 그렇구요!"

"급한 일 아니면 자제해라."

하지만 요정은 수다쟁이다.

마음대로 풀어놓으면 시도 때도 없이 연락을 하려 들 것이다.

"……네."

"이제 진짜로 가 보마. 내가 없는 동안 던전을 잘 보살펴 다오."

"걱정하지 마세요. 그리고 조심히 다녀오세요, 던전 마스터."

이히가 꾸벅 고개를 숙였다.

나는 한 차례 손을 들어 대답하곤 던전의 최상층을 벗어 났다.

Chapter 8

마계 옥션

Dungeon Hunter

던전을 빠져나와 곧장 길드로 향했다.

고작 일주일 자리를 비웠을 뿐인데 김용우가 많이 서운하다는 눈빛을 던졌다.

"주인님, 제가 비록 종이지만 연락 한 번이 어려운 건 아니지 않습니까?"

길드 마스터의 사무실 안에서 나는 무표정으로 일관했다.

"나는 가고 싶을 때 가고, 하고 싶을 때 한다. 연락을 하는 것도 내 자유의지지, 네게 뭘 해야 할 때마다 보고를 할 의무는 없다."

김용우가 입맛을 다셨다.

"……예, 맞는 말씀입니다. 마치 바람과 같이 언제 떠나도 이상하지 않을 분이시지요. 벽이 있다면 깨부술 힘이 있는 것이 주인님이시니까 말입니다."

각성자의 수준이 조금씩 올라가고 있다지만 그날 김용우가 본 장면은 누구도 흉내 낼 수 없는 것이었다.

상급의 마수를 압도적으로 깔아뭉개는 그 모습은 전신(戰神)이라 불러도 무방할 수준이었다.

가고자 한다면 가지 못할 것이 없고, 얻고자 한다면 얻지 못한 것이 없으리라.

김용우는 자신의 판단이 옳다고 확신했다. 그가 자신의 길드에 있는 것만으로도 크나큰 행운이라고.

그러니 아쉬운 소리도 조심스럽게 할 수밖에 없었다.

나도 그런 김용우의 마음을 모르진 않았다.

다른 건 몰라도 김용우는 처세가 아주 뛰어난 이였다. 기회를 보면 불같이 달려드는 성정도 가졌다.

피식 웃으며 말했다.

"네 걱정이 뭔지 안다. 하나 걱정 마라. 네가 내 등을 찌르지 않고, 내 공격대가 이곳에 존재하는 한, 나는 천명회의 일원으로서 행동할 것이다. 표면적으로는 말이다."

"하하…… 물론입니다. 그리고 주인님, 저번에도 말했듯이 제가 등을 찌르니 하는 무서운 이야기는 제발 그만둬 주십시오. 들을 때마다 아주 경기가 납니다."

김용우가 신음을 내뱉곤 팔목에 자란 닭살을 쓰다듬었다.

거짓은 없었다.

적어도 나보다 강한 존재가 접촉해 오지 않는 한 김용우의 태도는 일관적일 터였다.

하지만 그런 존재는 마족 중에서도 거의 없으니 도리어 안심할 수 있었다.

"내가 없던 사이에 무슨 일이 있진 않았겠지?"

내 물음에 김용우가 고개를 끄덕였다.

"있긴 했습니다. 다수의 외국인 각성자가 던전에 들어갔다가 한 명도 살아 돌아오지 못했다는 소문, 나머지 네 길드에서 공격대가 출발했다는 이야기, 국회에서 각성자에 관한 법률을 제정하고 있다는 뉴스……. 뭐가 궁금하십니까?"

"딱히 궁금한 건 없군."

하기야 천 명이 넘는 외국인 각성자가 던전의 문을 두드렸다. 제아무리 조심스럽게 행동해도 소문이 날 수밖에 없었다.

게다가 그들 중 500명은 내가 직접 쓸어버렸다. 당사자인 내가 모를 리가 없었다. 하지만 내가 입을 열지 않으면 영원히 묻힐 비밀이었다.

김용우는 대수롭지 않게 말했다.

"그럴 줄 알았습니다."

"이걸 받아라."

나는 품 안에서 네모 모양으로 접힌 양피지 한 장을 꺼냈다.

양피지를 받아 들고 펼친 김용우가 살짝 눈썹을 찌푸렸다.

"이게 웬 똥 그림입니까?"

"잘 봤다."

"허, 진짜 똥이었군요. 설마 예술 작품이니 하는 건 아니겠지요? 그쪽 사람들은 선 하나만 그려도 예술이라 해서…….
저도 잘 모르는 분야입니다만."

"예술품은 아니다."

예술품도 아닌데 이런 것을 양피지에 그렸단 말인가!

김용우의 얼굴에 감탄이 스쳐 지나갔다.

이 사람은 역시 다르다는, 역시 주인님이라는 생각이 든 것이다.

김용우가 진중한 표정으로 물었다.

"그럼 무엇입니까?"

"마수들이 침범하지 않는 안전지대. 매혹적이지 않나?"

"예……?"

김용우가 눈을 깜빡였다.

무슨 반응을 해야 할지 모르겠다는 표정이다.

던전에 안전지대가 존재한다는 것 자체가 처음 듣는 이야기였다.

가볍게 받아들일 사항은 아니었다.

나는 감안하며 가볍게 말했다.

"던전 3층에 그와 같은 구조물이 존재한다. 그 구조물 주변으로는 마수들이 침범하지 않지."

"잠깐만요. 3층이라니요?"

나는 오히려 김용우가 이해되지 않았다.

던전에서 보여준 내 힘이라면 3층에 오르는 것 정도야 간단하다.

그런데도 의외라는 반응을 보이는 건 내 힘을 간접적으로만 판단하고 있다는 뜻이다. 나는 짧게 혀를 찼다.

"뭘 그리 놀라지?"

"그, 그럼, 3층으로 향하는 길을 찾았다는 겁니까? 오크들과 싸우면서요?"

"길이 복잡하진 않더군."

"허어. 정말 대단하십니다. 괜찮다면 길을 알려주실 수 있겠습니까?"

"싫다면 아예 말도 꺼내지 않았을 거다."

"아!"

김용우가 한 차례 손뼉을 쳤다.

이내 미소를 지으며 급히 계산에 들어갔다.

가장 먼저 3층에 올라 보물을 쓸어 담고 안전지대를 선점한다.

얼마만큼의 이득을 얻을 수 있을지 상상조차 되지 않았다.

반드시 잡아야 하는 기회였다.

"선점해라. 그러면 많은 이득을 취할 수 있을 테지."

"당연합니다! 이건…… 또 한바탕 난리가 날 겁니다."

던전의 안전지대는 그만한 파급력이 있었다.

던전 내에서 마수들의 위협에 떨지 않으며 마음 편히 쉴 수 있는 장소.

그곳을 중심으로 길드의 영향력이 다시 개편될 가능성이 농후했다.

선점만 한다면, 천명회 길드는 지금의 자리를 계속 유지할 수 있었다. 한 단계 더 도약하는 것도 불가능하지 않다.

"출발은 일주일 후. 유은혜를 데려가겠다. 나머지 10명은 알아서 채워 넣어라."

2층을 공략할 인원을 짜라는 말이었다.

정예로만 편성될 테지만 나는 그 안에 유은혜를 포함시켰다.

유은혜는 성장 단계다. 여러 가지 경험을 시켜주고 싶었다.

"알겠습니다. 그런데 구조물의 형태가 보면 볼수록 거시기하군요."

나는 말을 아꼈다.

구조물을 디자인한 것은 이히였다.

과연 이히의 센스는 이해하지 못할 구석이 있었다.

'언젠가 이해받을 날이 올 수도 있겠지.'

비슷한 취향을 가진 이가 없으리라는 법은 없으니까.

김용우는 양피지에 그려진 그림을 보며 감탄을 하다가, '아무리 그래도 이 생김새는……' 하며 한숨을 내쉬다가, 다시 열망에 가득 찬 눈빛을 보였다.

일주일 후.

나와 유은혜를 포함하여 12명의 공격대가 갖춰졌다.

1층을 공략했을 때와 비슷한 인원 구성이었으며, 출발하고 고작 오 일 만에 2층을 공략하는 데 성공했다.

금은보화와 보물, 레어 등급의 아이템, 마법이 걸린 도구들, 그리고 안전지대의 존재가 알려지며 각성자들은 또다시 큰 소란에 휩쓸렸다.

담비와 미스릴 길드를 비롯한 네 개의 길드가 줄지어 1층 공략에 성공했지만 천명회가 이룩해 낸 업적이 너무나도 뛰어나 묻혀 버린 감이 있었다.

안전지대.

마수의 침략을 받지 않는 장소.

생사를 걸고 던전에 들어가는 각성자들에게 있어서 그 장소의 의미는 무엇보다 특별했다.

적어도 그 안에선 마음놓고 쉴 수 있다는 뜻이었다.

던전은 넓었고 휴식은 절대적이었다. 무거운 짐을 맡겨둘 수도 있을 것이었다.

안전지대를 중심으로 무언가가 변화할 것이라는 믿음이 자연스럽게 생기기 시작했다.

그래도 이대로 묻힐 수는 없다고 생각한 네 길드가 공격적인 전략을 짰다.

각종 영상 매체를 통해 적극적으로 자신들이 이룩한 것들을 홍보하여 위치를 굳힐 수 있었다.

하지만 그뿐이었다.

천명회는 여전히 대한민국 최고의 길드였으며, 이 소식을 통해 해외의 각성자가 더욱 많이 몰려오는 계기가 되었다.

나는 순식간에 잃어버린 포인트를 복구하고, 고작 2개월 만에 150만 포인트를 보유하게 되었다.

아마도 이만한 포인트를 보유한 마족은 없을 것이다.

공작, 대공들도 마찬가지였다.

기껏해야 내 절반쯤이나 될까?

보유한 포인트의 양에 있어서 내 자신감은 하늘을 찔렀다.

이걸 당장 사용해도 엄청난 일을 일으킬 수 있을 터.

그럴 필요가 없어서 포인트를 아껴두었다.

내 목적은 따로 있었다.

그리고 시간은 흘러 회귀한 후 정확히 1년이 되는 날이었다.

그날 저녁, 느닷없이 허공에 메시지 창 하나가 떠올랐다.

[30분 후 마계 옥션으로 강제 전송됩니다. 보유 중인 마수 한 마리를 대동할 수 있습니다.]

나는 한쪽 입꼬리를 말아 올렸다.

마침내, 기다리고 기다리던 마계 옥션이 열렸다.

Dungeon Hunter

마계 옥션.

마신의 이름으로 주최되는 경매장의 이름이다.

이곳에선 만물상점에서 구할 수 없는 희귀한 마수나 아이템, 스킬 등을 구입할 수 있으며, 운만 좋다면 말도 안 되는 가격에 엄청난 것들을 손에 넣을 수도 있었다.

감히 포인트의 축제라 불러도 좋으리라.

마계 옥션에선 하루 동안 정확히 100개의 물건을 경매에 붙인다.

이 100개의 물건 중에는 쓸모없는 것들도 간혹 껴 있지만 대부분이 눈이 휘둥그레질 정도의 등급을 가지고 있었다.

물론 균형을 위해 최저 입찰 포인트가 존재했다.

회귀하기 몇 년 전이던가, 딱 한 번 최상급 5Lv 마수인 발록이 경매장에 나타난 적이 있었는데 최저 입찰 포인트가 3,900만에 달했다.

그렇게도 갖고 싶었던 마룡도 최저 입찰가가 1,500만 포인트였다.

입이 벌어지는 포인트였고 발록은 결국 유찰되었다.

그나마 마룡은 공작 한 명이 5년간 모은 포인트를 탈탈 털어서 구매한 걸로 안다.

히여간 은근하게 균형이 잡혀 있었다.

그러나 이번은 첫 경매다.

'최대의 기회지.'

이 게임을 만든 마신 데스브링어는 불친절하다.

전생에서 수도 없이 느껴본 감상이다.

마계 옥션에 관한 사항은 철저히 비밀에 붙여져 있었다.

강제 소환 메시지가 뜨고 나서야 마계 옥션의 존재를 알아차릴 수 있었다.

당연히 마계 옥션을 위해 포인트를 모은 마족이 있을 리가 없었다.

하지만 나는 모았다.

150만 포인트를 말이다.

전생에 비추어 보면 아주 많다고는 할 수 없는 양이지만, 고작 1년 차임을 감안하면 말도 안 되는 액수였다.

마계 옥션도 그 사실을 알기에 최저가가 아주 저렴하게 잡혀 있을 공산이 컸다.

운만 좋으면 여기서 확실한 우위를 가져갈 수 있을 것이었다.

72명의 마족 중 선두로 달리는 것도 불가능하지만은 않으리라!

내 눈에 열망이 담겼다. 기대감과 긴장감이 최대치로 상승했다.

차원관문이 열리며 나는 강제 소환되었고, 내가 눈을 뜬 곳은 200평 남짓의 넓은 방이었다.

'도착했군.'

마계이되 마계가 아닌 곳.

어둠의 정령들이 터를 잡은 마계의 또 다른 이면.

이곳은 그곳의 심장부였다. 마왕 대신 어둠의 정령왕이 다스리는 불모(不毛)의 대지였다.

히이잉.

내 바로 옆에서 인페르노가 투레질을 했다.

데려갈 마수로 인페르노를 택했기에 같이 소환된 것이다.

나는 주변을 둘러보았다.

방 안에는 아무것도 없었다. 그저 입구에 커다란 문 하나가 존재할 따름이었다.

굵은 통나무를 자르고 엮어서 만든 조악하기 그지없는 문.

끼이익.

곧 문이 열리며 허리가 굽은 난쟁이 노인이 나타났다.

"랜달프 브뤼시엘 님이시지요?"

"너는 노움인가?"

"키히히. 제가 마지막으로 타락시킨 게 노움이긴 하지요."

어둠의 정령은 타락시킨 상대의 모습을 취하는 게 일반적이다.

하지만 이곳에는 어둠의 정령 외에 다른 정령들도 소수로 존재했기에 물어본 것이었다.

나는 고개를 끄덕였다.

"그렇군."

"그보다 랜달프 브뤼시엘 님이 맞으시지요?"

"맞다."

"따라오십시오. 경매장으로 안내해 드리겠습니다."

"그 전에 경매 물품을 한번 보고 싶은데?"

원한다면 경매에 들어갈 물품을 미리 볼 수 있었다.

딱히 비밀 경매라고 할 것도 없기에 오히려 공개해 놓고 마족들을 자극하는 게 그들의 일이었다.

어둠의 정령은 마족에게서 얻을 포인트에 목이 말라 있었다.

그들 역시 포인트를 쌓아 격을 올리는 게 목적이었다.

요정왕이 되기 위해 던전 코어에 귀속한 이히와 비슷한 경우였다.

"그 정도는 어렵지 않습니다만…… 키히히, 포인트는 많으십니까? 구입하고 싶어서 안달이 날 텐데요?"

"적당히 있다."

"알겠습니다. 안내해 드리지요."

어둠의 정령은 가타부타 말없이 나를 안내하기 시작했다.

나는 인페르노의 위에 올라탔다.

이 성은 상상을 초월할 정도로 넓다. 인페르노를 타고 이동해도 충분할 만큼.

어둠의 정령 역시 속도가 빠르다. 그들은 영체. 육신이 없기에 속도 역시 빠를 수밖에 없었다.

어느 정도를 달렸을까.

불현듯 소란이 들려왔다.

"감히 어둠의 정령 따위가 대공 우파 님의 휘하 후작인 나를 능멸하겠다는 것이냐!"

"대공 우파인지 대공 고파인지 제가 알 바 아닙니다. 제가 모시는 분은 오직 정령왕뿐!"

"그럼 날 강제 소환한 이유가 무엇이더냐! 내 직접 정령왕을 만나야겠다. 우리와 척을 지고도 이곳이 무사할 수 있나 보자!"

"그러니까, 마신의 이름으로……."

"어디서 그 이름을 함부로 파느냐!"

"후! 어쩔 수 없군."

어둠의 정령이 몸을 부풀렸다. 이어 어마어마한 존재감을 발산했다.

최상급 어둠의 정령!

웬만한 마족도 한 수 접어줘야 하는 존재 앞에서 마족은 당황했다.

'그로기인가?'

마계후작 그로기.

우파 대공의 측근 중 하나며, 자멸한 마족 중 하나다.

저놈도 따지고 보면 전생의 나와 비슷한 부류였다. 단지 방향이 달랐다.

향락에 빠져, 향락을 위해 서큐버스로 던전을 채웠다가 각 성자들에게 토벌당했다.

가장 꼴불견스럽게 소멸한 마족이었다.

나름 인상적이었던 터라 기억에 남았다.

"제 손님께선 협조적이라 다행입니다. 키히히."

나를 안내하던 노움 형상의 어둠의 정령이 웃어댔다.

"너도 최상급 정령인가?"

"저는 상급입니다. 최상급이 되는 게 제 꿈이지요. 키히히!"

심안을 통해 확인한 결과, 그 말이 맞았다.

능력치는 나보다 낮았지만 무시할 수 없는 수준이었다.

아마도 최상급이라면 공작과 비슷한 수준일 터였다.

적어도 이곳 어둠의 정령들이 지배하는 세계에서는 그럴 수밖에 없었다.

후작 따위가 상대하기엔 상당히 버겁겠지.

최상급의 숫자가 많지 않아 소수에게 배정된 모양이지만 그로기는 상대를 제대로 만났다고밖에 할 말이 없었다.

나는 그로기를 관심에서 널리 떨쳐 내고 정령을 따라 계속해서 이동했다.

한참을 지하로 내려가자 족히 20m는 되어 보이는 높이의 거대한 문이 나타났다.

문은 열려 있었고, 그 안에는 경매에 집어넣을 100개의 경매 물품이 차 있었다.

마수들도 있었다. 마수 역시 물품 중 하나였다. 던전을 강화하기 위한 도구.

개중에는 내가 바라던 크라스라도 포함되어 있었지만, 나는 인상을 굳힐 수밖에 없었다.

'저 여자는……?'

경매 물품들을 둘러보고 있는 여마족.

그녀를 본 순간 영혼이 빠져나가는 듯한 충격을 받았다.

'대공 아리엘!'

어찌 잊을 수 있을까.

전생에서 최후의 승자가 된 마족의 이름이었다.

투신이라 불릴 만큼 그 무력은 강하기 짝이 없었다.

설마 이런 곳에서 마주칠 줄이야.

나는 침을 꿀꺽 삼키며 심안을 열었다.

이름 : 아리엘 디아블로

직업 : 마계 대공(던전 마스터)

칭호 :

*마왕의 적통(Epic, 마력+10)

*웨폰 마스터(Ex U, 모든 능력치+2)

능력치 :

힘 73(+2)

지능 74(+2)

민첩 79(+2)

체력 71(+2)

마력 75(+12)

잠재력 (372+20/500)

특이사항 : 네 명의 대공 중 한 명. 언더헬을 다스리며 열여덟 마
　　　　　족의 주인이다.

스킬 : 웨폰 치트(Ex U), 언령(U), 용오름(Epic)

[상대 비교]

아리엘 디아블로

　힘 75 지 76 민 81 체 73 마 87 잠재력 (372+20/500)

랜달프 브뤼시엘

　힘 81 지 66 민 76 체 82 마 90 잠재력 (379+16/500)

'역시…….'

능력치는 내가 소폭 높다. 하지만 나락군주의 심장과 이히
의 축복이 없었다면 오히려 내가 밀리는 상황이 발생했을 것
이다.

그 두 개로 능력치가 40 이상 올랐기에 겨우 박빙이다. 그만큼 대공 아리엘은 빠르게 힘을 회복하는 중이었다.

나는 이미 전생의 무력을 8할가량 되찾은 상태였다. 슬슬 능력치의 상승이 적어지고 있었다.

하지만 아리엘은 다를 터였다. 어쩌면 500의 잠재력을 다 채울 때까지 쉬지 않고 달려갈지도 모르는 일이었다.

반대로 생각하면, 그 정도로 강해지는 아리엘을 내가 따라 잡았고, 앞으로도 따라잡을 수 있다는 뜻이 된다.

아리엘에겐 없는 전생의 기억이 내겐 있었다. 나락군주의 심장 역시 전부 개방되지 않았다.

스킬은…… 이건 어쩔 수가 없다.

마계에서 나는 철저한 육체파였다. 전생에서 포인트로 배운 스킬은 회귀하며 모두 초기화가 되어버렸다.

하나 아리엘은 마계에서도 강력한 스킬을 보유하고 있었다.

하나하나가 하늘을 뒤집고 땅을 가르는 무시무시한 위력을 가졌다.

지금 보유한 스킬의 등급도 한두 단계 더 올라갈 가능성이 있었다.

그녀는 마계에서 보였던 힘을 아직 전부 회복하지 못한 상태. 스킬 또한 마찬가지 아니겠나.

'아직 어비스 소드를 익히지 않은 건가?'

내가 그렇게 생각하는 이유는 아리엘의 전매특허 스킬인

어비스 소드가 보이지 않아서다.

닿는 모든 것을 0으로 만들어버리는 사기적인 스킬이, 지금 아리엘의 상태창에는 없었다.

'어비스 소드를 익히기엔 능력치가 부족한 모양이군.'

납득이 됐다. 능력치를 전부 회복했다면 몰라도 지금 저 정도로는 어비스 소드를 구사할 수 없다.

아주 강력한 스킬은 그게 무엇이던 양날의 검이다. 함부로 손을 댔다간 자멸하고 만다.

대공 아리엘은 무기를 훑어보고 있었다.

웨폰 마스터라는 칭호답게 모든 무기를 다루는 데 능숙한 그녀다.

좋은 무기를 발견하면 구매하고 싶어지는 것도 당연했다.

나는 아리엘의 전신을 다시 한 번 훑었다.

마왕의 적통임을 증명하는 이마에 난 기다란 두 개의 뿔, 엘프와 비슷한 뾰족한 귀, 조각이라도 한 것처럼 아름다운 이목구비, 흑색의 갑주가 한데 어우러져 범접할 수 없는 분위기를 풍기는 여자.

그것이 아리엘 디아블로였다.

"흠?"

아리엘이 고개를 돌려 나를 쳐다봤다.

나도 지지 않고 시선을 던졌다.

"처음 보는 마족인 듯한데. 너는 누구냐?"

나는 현재 반쪽자리 해골 가면을 쓰고 있었다.

물론 우리 둘은 구면이다. 하지만 내가 해골 가면을 벗더라도 아리엘은 기억하지 못할 것이다.

허접한 마족의 얼굴 하나하나를 외우고 다니기에 그녀는 너무나도 고결한 존재였으니까.

마계에서 아리엘에게 도전장을 내밀었다가 처참하게 깨진 전적이 있었기에, 차라리 기억해 주지 않는 편이 나았다.

그래도 내심 쓴웃음을 흘릴 수밖에 없었다.

"랜달프 브뤼시엘."

아리엘의 눈빛이 달라졌다.

내가 이름을 말함과 동시에 마력을 개방했기 때문이다.

그러나 통하지 않았다. 마력이 높을수록 상대에게 공포감을 주는 가면도 그녀 앞에선 무용지물이었다.

"풍기는 마력의 향이 제법 쓸 만한지고. 어느 대공의 밑에 있느냐?"

이름까지 말했는데, 역시 기억하지 못하고 있었다. 나는 개의치 않았다.

전생의 마지막 순간에 그녀는 나를 생존력이 뛰어난 벌레라고 칭했다.

끝까지 내 이름을 기억하지 못했던 걸 이미 알고 있던 바였다.

하지만 과거는 지나갔다.

앞으로 그녀의 귀에 내 이름이 쉴 새 없이 들려서 결국은 기억할 수밖에 없도록 하면 된다.

그리하여 진정한 대적자가 되리라.

4명의 대공과 어깨를 나란히 하는 거인이 되고 말겠다.

"누구도 내 위에 있을 수는 없다."

내 목표는 마왕.

대공들 따위가 내 위에 있을 수는 없었다.

아리엘의 표정에 흥미로움이 떠올랐다.

"실력에 대한 자신인가, 아니면 철없는 오기인가…… 어느 쪽이든 현명하지는 않구나."

"현명하다 하여 무조건 승리를 하는 건 아니더군."

때로는 쇠심줄과 같은 고집과 무소와 같은 돌진력이 승리를 가져다주는 경우도 있었다.

실제로 아리엘은 그러하였기에 전생에서 최후의 승자가 될 수 있었다.

돌격, 돌격, 또 돌격하여 우파 대공의 목을 딴 게 아리엘이다.

그 사이에 현명함은 1g조차 존재하지 않았다.

그런 그녀가 현명함을 논하다니.

우스울 수밖에 없었다.

역시나. 아리엘이 깔깔 웃었다.

"바로 그렇다. 전사들의 싸움이란 무릇 몸을 부딪치는 것에서부터 시작하지. 머리를 쓰고 전략을 짜는 건 도저히 성미에 안 맞아. 그딴 건 마왕의 재목이 아니야."

그러더니 입가에 미소를 지우고 나를 똑바로 바라봤다.

"여봐라. 섬기는 마족이 없다면 날 섬겨라. 그대의 생각은 나와 비슷한 구석이 있다."

그 순간이었다.

[언령(U)이 발동되었습니다. 심안(U)으로 간파하는 데 성공합니다.]

[간파에 성공하여 언령의 심상지배력이 낮아집니다. 방어율 50%]

[지능 보정 66! 방어율 85%]

[사용자가 시전자보다 마력이 높습니다. 20%의 보정 효과가 더해져 102%의 방어율에 도달합니다. 언령의 심상지배에서 완전하게 벗어납니다.]

아리엘 디아블로의 보유 스킬 '언령'이 발동된 것이다.

하지만 나는 언령을 완전하게 무력화시켰다.

능력치 자체는 내가 조금 더 우월하다.

심안에 이런 효과가 있을 줄은 몰랐지만 역시 언령에 버금가는 사기 스킬이고, 마력의 우위를 가져와서 전혀 영향을 받지 않았다.

하지만 아슬아슬했다.

나락군주의 심장이 이식되어 지능이 큰 폭으로 상승하지 않았다면, 나는 지금 언령의 지배를 조금이라도 받을 수밖에 없었다.

'역시 지능이 부족하군.'

지능은 상태 이상의 저항과도 관계가 있었다.

마력이 아무리 높아도 지능이 낮으면 상태 이상과 관련하여 약점이 생긴다.

지능과 마력이 둘 다 높아야만 이런 영향에서 자유로울 수 있었다.

나는 차갑게 아리엘을 바라보며 말했다.

"거절한다."

"하하!"

그러자 아리엘이 크게 웃어 젖히곤 말을 이었다.

"한 방 먹었도다. 영락없이 오기에 찬 녀석인 줄 알았는데, 이제 보니 실력에 자신이 있는 부류였구나. 내 언령을 방어해 내다니! 그러지 않고 고개를 끄덕였다면 목을 잘라버리려 하였거늘."

간을 봤다는 말이다.

역시 대공들 중에 정상적으로 사고하는 이는 없었다.

그들은 모두 그들만의 세계관이 존재했고, 그 속에서만 움직였다.

자신의 틀을 벗어나면 이런 식으로 즉시 죽이려고 한다.

지극히 마족답고, 지극히 아리엘 대공답다.

"싸울 생각이 아니라면 허튼 수는 그만둬라."

이곳은 마계의 이면. 어둠의 정령왕이 다스리는 곳.

여기서 힘을 사용한다면 그와의 관계도 껄끄러워질 수밖에 없다.

아무리 대공이라 하여도 그 정도 상식은 있을 터.

살짝 도발적으로 말했으나, 아리엘은 오히려 귀여운 장난감을 찾았다는 눈빛이다.

"후후! 랜달프 브뤼시엘. 오냐, 오늘은 내가 물러나겠다. 이곳은 참으로 흥미로운 곳이거든. 오늘 같은 날 시비를 일으키고 싶은 마음은 없노라."

아리엘은 그 말을 남기고 몸을 돌렸다.

나는 잠시 멈칫했다.

전생을 통틀어, 대공 아리엘이 내 이름을 부른 것은 처음 있는 일이었다.

그녀는 언제나 가까스로 살아나가는 나를 벌레처럼 여겼고, 이름조차 기억하지 않으려고 했다.

결코 내 이름을 입에 담은 적이 없었다.

'과거와 미래는 달라진다. 내 손에 의해.'

나는 주먹을 꽉 쥐었다.

무엇보다, 지금 내가 가고 있는 방향이 확실히 옳다고 다시 한 번 생각하게 되었다.

"키히히. 엄청나게 무서운 분이십니다. 저분이 그 유명한 아리엘 디아블로 대공이시군요."

여태껏 숨죽이고 있던 어둠의 정령이 겨우 숨을 토해냈다.

아리엘 디아블로.

이곳에서도 그녀는 상당히 유명했으며, 그 능력은 전부 개화하지 않고서도 압도적이었다.

상급의 정령이라면 압박을 느낄 만하였다.

나는 뛰는 심장을 가라앉히고 그에게 말했다.

"스킬의 등급을 올려주는 비약은 어디 있지?"

"현자의 비약을 말씀하시는 겁니까?"

"그래."

"키히히. 감이 좋으시군요. 아주 뛰어난 물건입지요. 이쪽으로 오십시오."

내가 감으로 때려 맞췄다고 생각한 모양이다.

그렇게 생각해 주면 나는 편해서 좋았다.

'반드시 손에 넣어야 한다.'

현자의 비약은 간혹 마계 옥션에 등장한 물건이다.

그 효능은 사용하기에 따라 수백만 포인트의 값어치를 충분히 하기에 나올 때마다 경쟁이 과열되었다.

그러나 굳이 나는 경쟁을 할 필요가 없다.

150만 포인트를 가지고 있는 마족은 나밖에 없을 테니까.

150만은커녕 100만도 없을 것이다.

어둠의 정령이 한곳에 멈춰 서 손가락으로 작은 물병 하나를 가리켰다.

"바로 저겁니다. 아, 손을 대진 마십시오. 마신님의 결계가 쳐져 있어요. 정당한 절차를 걸치지 않고 섣불리 손대면 소멸당할 겁니다."

알고 있는 사항이다. 물건에는 보이지 않는 결계가 쳐져 있다. 손을 가까이 가져가면 강력한 반발력을 느낄 수 있다.

일종의 경고인데, 그 경고를 무시하고 건드리면 끝장이다.

한 번 방어력이 뛰어난 상급 마수를 이용해서 건드려 본 적이 있었다.

그리고 상급 마수는 그 자리에서 증발해 버렸다. 그걸 직접 본 이후 건드릴 생각을 아예 버렸다.

나는 심안을 열어 물건을 확인했다.

이름 : 현자의 비약

설명 - 연금술의 총체. 유니크(U) 미만 스킬의 등급을 한 단계 끌어올린다. 유니크(U) 등급 스킬에 사용할 경우 반 단계 위인 익셉셔널 유니크(Ex U) 등급이 된다. 그 이상의 등급에는 효과가 없다.

맞다.

나는 고개를 끄덕이고 말했다.

"즉시 구매하겠다."

"키히히, 손님. 몇 포인트나 가지고 계신지는 모르겠습니다만, 마족분들께서 가지고 있는 평균 포인트가 13만에 불과하다는 걸 저희는 알고 있습니다. 즉시 구매가도 그에 맞춰 정해지지요. 현자의 비약을 즉시 구매하려면 52만 포인트가 필요합니다. 차라리 경매까지 가는 편이 훨씬 더 싸게 살 수 있을걸요?"

13만 포인트라.

생각보다 엄청나게 적었다.

내가 보유한 150만 포인트가 평균치를 상승시켜서 그나마 저 정도일 것이었다.

'경쟁도 필요 없겠군.'

어디까지나 평균값.

몇 배를 가지고 있는 마족도 있겠지.

하지만 나는 평균값의 열 배를 넘게 보유하고 있었다.

그럼에도 52만 포인트는 부담스럽지만, 생각한 바가 있었다.

'현자의 비약은 이 자리에서 구매할 필요가 있어.'

구매 즉시 복용할 필요가 있었다. 경매가 진행될 때 구매하면 경매가 끝나기 전까지 물건을 받을 수 없으니까.

내가 등급을 올리려는 스킬은 심안.

심안은 여러모로 확인되지 않은 기능이 많았다.

아리엘의 언령을 간파한 것과 같은, 부가적인 효과 말이다.

이건 순순히 내 예상이지만, 본래라면 발동된지도 몰랐어야 할 언령의 발동을 간파했듯 심안의 등급이 높아지면 봉인된 물건도 간파할 수 있지 않을까?

경매 물품 중에는 봉인된 무구 몇 개가 항상 등장했다.

하지만 비싼 데다 워낙 복불복의 성격이 강하여 구입하는 마족은 적었다.

전생에서 심안 스킬을 보유했던 임펠라 공작도 봉인된 물건의 등급을 간파할 순 없었다.

그런데 그게 심안의 등급이 낮아서 그런 거였다면?

현자의 비약은 단순히 포인트가 많다고 구매할 수 있는 물건이 아니었다.

등장하는 족족 대공들의 차지가 되기 일쑤여서 그 휘하 공작인 임펠라는 하나도 구할 수 없었다.

대공들은 큰 공을 세운 휘하 마족에게 현자의 비약을 상으로 건네기도 하였는데, 임펠라 공작은 심안을 이용해 포인트 벌이를 했다.

눈 밖에 났으니 당연히 그 대상에서 제외된 것이다.

마계에서 이미 익혔던 것이라면 몰라도 스킬북으로 배운 스킬은 임의로 등급을 올리기가 무척이나 까다롭다.

심안은 유니크 등급에서 정체되어 있었을 터.

'실험해 볼 가치는 있다.'

어차피 지능이 낮아 심안의 등급이라도 올려야 할 상황이었다.

내 취약점은 상태 이상이다. 이것만 대비할 수 있다면 운신의 폭이 넓어진다.

나의 능력치는 아리엘 대공조차 넘어설 수준이었으므로!

그리 생각하면 큰 손해는 아니었다.

"즉시 구입하지."

"키히히, 역시 즉시 구입은 힘들…… 예?"

"나는 두 번 말하는 걸 싫어한다."

어둠의 정령이 잠시 나를 쳐다봤다. 여전히 믿기지 않는다는 눈초리였지만 내 표정은 진지하기 그지없었다.

"잠시 기다려 주시길."

과연 장난은 아니라고 여겼는지 어둠의 정령이 부리나케 창고를 빠져나갔다.

5분 정도가 지나자 어둠의 정령은 경매 담당자를 대동한 채 나타났다.

경매 담당자는 땀을 뻘뻘 흘리고 있었다.

마지막으로 타락시킨 게 살찐 인간이었나 보다. 족히 150kg은 나올 법한 뱃살의 소유자였다.

아무리 영체라곤 해나 저런 몸을 이끌고 달려왔으니 지칠 만하였다.

"헉헉, 현자의 비약을 즉시 구매하시겠다고요?"

"……."

나는 인상을 찌푸리고 어둠의 정령을 바라봤다.

같은 말을 몇 번이나 하게 할 셈인지 알 수가 없었다.

슬슬 짜증이 나려 할 때였다.

"키히히…… 그렇습니다. 손님께선 현자의 비약을 즉시 구매한다고 하셨습니다."

내 눈빛이 심상치 않다는 걸 파악한 어둠의 정령이 대신하여 답했다.

"그럼 이곳에 수결해 주십시오."

비대한 몸집의 경매 담당자가 양피지로 작성된 계약서 한 장을 내밀었다.

양피지에는 수십 가지의 마법이 담겨져 있었고 수결을 하는 즉시 발동되는 구조였다.

나는 지체 없이 양피지에 오른 손바닥을 가져다 댔다.

[현자의 비약을 즉시 구매했습니다. 520,000pt가 소모됩니다.]
[잔여 1,032,447pt가 남았습니다.]

곧 양피지에서 푸른빛이 흘러나왔다.

빛은 한데 뭉쳐 현자의 비약이 있는 곳으로 흘러갔다.

현자의 비약을 감싸고 있던 결계가 점차 약해지며 이내 사라졌다.

경매 담당자도 믿기지 않는지 말을 더듬었다.

"거, 거래가 완료되었습니다. 축하드립니다."

나는 그의 말을 무시하고 현자의 비약을 손에 쥐었다.

이어 마개를 땄고,

꿀꺽! 꿀꺽!

단번에 마셨다.

[현자의 비약을 섭취하였습니다. 등급을 올릴 스킬을 선택해 주세요.]

[1. 스킬 조합(R) 2. 심안(U)]

내가 가진 스킬은 두 개. 스킬 조합은 당장 쓸 곳이 없었다. 허공에 손을 놀려 2번을 선택했다.

[심안(U)이 심안(Ex U)으로 상향되었습니다.]

그 문구를 끝으로 더 이상 메시지 창이 떠오르지 않았다.

'끝났나?'

현자의 비약을 섭취하는 건 처음이었다. 나는 상태창을 확인했다.

'끝났군.'

고개를 끄덕였다.

심안의 등급이 오른 걸 확인할 수 있었다.

뭐가 달라졌을까?

달라지긴 했을까?

심안을 열어 남은 물품들을 훑으려는 찰나, 어둠의 정령이 끼어들었다.

"흠흠! 손님, 이제 슬슬 경매장에 들어가야 할 시간입니다. 사실 지금 가도 조금 빠듯합니다만."

"알겠다."

급할 건 없었다.

바뀐 게 있다면 경매가 진행되는 도중에라도 확인할 수 있을 것이다.

나는 천천히 어둠의 정령을 따라 창고를 벗어났다.

Dungeon Hunter

마치 오페라 극장을 연상시키는 넓은 장소였다.

중앙에 위치한 수백의 관람석과 네 개로 분리된 2층의 사이드 홀, 각종 보석으로 치장된 여섯 개의 샹들리에, 마법이 깃든 수백 개의 조명, 장인의 정신이 엿보이는 노래하는 소년상과 춤추는 소녀상……. 그것들이 한데 어우러져 고아한 분위기를 풍기고 있었다.

이곳에서 경매가 이루어지는 것이다.

지금은 경매가 시작하기 전이었고, 마지막 손님은 나인 듯

싶었다.

거대한 반원 모양의 문을 통과해 들어서자 좌우 양방향에서 무시무시한 안광들이 비춰졌다.

중앙 관람석이 아니라 2층에 위치한 네 개의 사이드 홀에서 보내지는 시선들이었다.

사이드 홀 하나에 대공 한 명이 휘하 마족들과 자리 잡고 있었다.

그들은 마지막으로 들어온 나를 잠시 쳐다보다가 다시 고개를 돌렸다.

아리엘만이 묘한 눈빛으로 나를 조금 더 바라봤을 따름이다.

나는 피식 웃고 말았다.

즉, 중앙 관람석에 앉는 건 나 혼자뿐이라는 뜻이다.

나는 네 명의 대공 중 어느 휘하에도 들지 않은 이레귤러 마족.

이 백작의 지위조차 힘으로 빼앗은 것이었다.

본래 브뤼시엘이라는 칭호를 가졌던 자는 대공 판데모니엄의 휘하 마족이었다.

마신도 내가 아닌 본래의 브뤼시엘을 초대하려 했었던 게 아닐는지, 나는 그렇게 판단하고 있었다.

우연찮은 시기에 우연찮게 초대된 초대받지 않은 마족이 나였다.

어쨌거나.

'재밌게 돌아가는군.'

전생에서도 이와 비슷한 처지였다.

다만, 전생과 다른 점이라면 나는 비할 바 없이 자신이 있다는 것.

포인트가 없어 경매장에서 손가락만 쪽쪽 빨던 내가 아니다.

저들이 사고 싶지만 살 수 없는 것들.

사려고 마음먹었으나 경쟁이 붙은 물건들.

'다 내가 먹어치워야지.'

가진 자의 여유인가? 전생에서 이 자리는 가시방석이었다.

네 대공과 마족들의 모멸 찬 시선은 오로지 내게만 향했었다.

악의적 조소와 야유. 귀에 딱지가 앉게 들었던 '벌레'라는 말.

앞으로는 어찌 될지, 과연 전생에서처럼 모멸 찬 시선을 던질지, 조금 기대가 되었다

'대공 아리엘, 우파, 판데모니엄, 오쿨루스……. 그 외에도 반가운 얼굴들이 보이는군.'

경매장은 마수를 대동할 수 없었으니 나는 홀로 걸어가 중앙 관람석에 앉았다.

다리를 꼬고 턱을 올려 '너희들 따위에겐 관심이 없다'는 여유로움을 내비쳤다.

안타깝지만 이번 경매는 나를 위한 무대다.

나를 중심으로 돌아가게 될 한 편의 연극이었다.

저들은 조연조차 될 수 없으리라.

자신들이 주인공이 아니라는 사실에 당황하며 동시에 판단하기 시작하겠지.

'저놈은 누구인가?' 하고.

물론 궁금증으로만 끝날 것이다.

나는 내가 한국에 있다는 사실을 알릴 생각이 없었다.

아직 전면에 나설 때가 아니었다. 조금 더 힘을 비축해야 한다.

그리고 내가 알리지 않는 한 네 명의 대공도 감히 내 위치를 짐작할 수 없을 것이다.

알아내려면 네 명의 대공이 한마음으로 휘하 마족이 가진 던전의 위치 정보를 공유해야 했는데, 그것은 불가능한 일이었다.

'대공들은 경쟁관계지. 협력할 리가 만무해.'

어떠한 던전에 어떠한 마족이 있는지는 최대의 기밀사항이다. 그것을 네 대공이 사이좋게 풀어놓을 리가 없었다.

하지만 나는 알고 있었다. 전부는 아니더라도 열두 공작과 네 대공의 던전 위치는 확실하게 파악해 놨다.

사용하기에 따라 아주 강력한 무기가 될 수 있는 무기.

정보는 힘이고 그들의 팔다리를 잘라낼 유효한 수단이다.

그러나 그들의 수족을 잘라내는 건 나중의 일.

지금은 일단 경매에 집중하기로 하였다.

잠시 후 조명의 빛이 무대 위로 모여들기 시작했다.

곧 무대 뒤에서 피에로 분장을 한 사내 한 명이 나타났다.

"손님들, 오래 기다리셨습니다! 저는 오늘의 경매를 맡은 드보롱이라고 합니다."

앞으로 1년에 한 번씩은 보게 될 얼굴이었다.

드보롱. 최상급 어둠의 정령 중 하나인 그는 정령왕의 최측근이다.

웃기게 치장하고 상대의 허점을 노리는 냉철한 수완가. 그가 곧 어둠 정령왕의 눈이며 손이다.

이곳에서 벌어지는 모든 일이 그를 통해 정령왕에게 흘러갈 것이다.

두각을 보여 정령왕과의 관계를 호전시킬 수 있다면 그보다 좋을 수가 없다.

'마계 옥션은 1년에 한 번 열리고 정령왕은 그 기회를 최대로 살릴 수 있는 좋은 패지.'

정령이다. 서로 합이 맞으면 사는 세계가 달라도 소통을 할 수 있었다.

'큰손'임을 자처해 이미지를 쌓아놓고 정령왕, 혹은 드보롱과 소통할 수 있다면, 다음 해에 열릴 경매 물품을 미리 알 수도 있었다.

바로 대공 우파가 십 년 후에나 써먹을 수법이었다.

우파는 정령왕과 모종의 거래를 통해 경매장에서 남들보다 몇 발 앞선 자리를 차지할 수 있었다.

모종의 거래라고 해봤자 '경매장에서 가장 많은 포인트를 사용하겠다' 정도일 테지만.

어둠의 정령은 포인트 거래가 경매로밖에 이루어지지 않기 때문이다.

그리고 그 자리를 내가 차지하지 말라는 법이 없다.

그러기 위해선 확실하게 주지시켜 줄 필요가 있었다.

여기 모인 마족 중 내가 최고라는 사실을!

드보롱의 눈이 마족 전체를 훑었다. 그리고 나에게 이르러 잠시 멈췄다. 그의 눈이 다른 마족을 볼 때보다 빛났다.

그가 나에게 관심을 보이는 이유는 하나다.

경매장에 오기 전에 벌써 52만 포인트를 사용한 유일한 마족이기 때문이겠지.

나는 그와 눈을 맞추고 가볍게 미소 지어주었다.

뭐…… 혼자 넓은 관람석을 차지하고 있으니 눈에 띈 것도 한몫하긴 했겠다.

이윽고 모든 마족의 안면을 확인한 드보롱이 이어서 말했다.

"오늘 강제 소환 건에 관하여 대충 설명을 들었으리라 생각합니다만 정식적으로 다시 한 번 말씀드리겠습니다. 이곳은 포인트를 사용해 물건을 구입할 수 있는, 마신 데스브링어 님의 주도 아래 주최된 최대 규모의 경매장! 1년에 한 번 열리는 축제를 모두 즐겁게 감상해 주시길 바라는 마음으로 오늘 첫 번째 경매 물품을 소개합니다."

무대의 오른편에서 열댓 명에 달하는 어둠의 정령이 동시에 나타났다.

그들은 거대한 철창 하나를 바퀴 달린 판에 실어서 옮겨왔는데, 철창 안엔 아주 눈에 익은 존재가 있었다.

드보롱은 자신에 찬 어조로 입을 열었다.

"저희는 많이 고민했습니다. 첫 경매의 시작을 무엇으로 하는 게 좋을까? 100가지나 되는 물건이 있지만 그중 가장 뛰어난 걸 선보이는 게 최소한의 예의가 아닐까? 그래서 준비했습니다. 마룡 중의 마룡, 전설로 기록된 진마룡 '아오진'의 피가 섞인 다크 엘프 크라스라!"

철창 안에 갇힌 다크 엘프 크라스라가 상처 입은 짐승처럼 사납게 이를 갈았다.

지능이 존재하고 두 발로 걸어 다니는 종족이라고는 하나, 마족은 마족을 제외한 것들을 모두 마수라고 칭한다.

인간이야 너무나 쉽게 약탈당하는 종족이라 마수 측에도 껴주지 않지만 엘프 역시 마족의 눈으로 보기에는 마수에 불과했다.

나도 반쯤은 그리 생각하고 있었다.

'달라진 게 없군.'

크라스라는 전생의 기억 그대로의 모습이었다.

나는 기대하며 심안을 열었다.

이름 : 크라스라

직업 : 마창술사

칭호 :

　*용의 피를 지닌 자(R, 힘+4)

능력치 :

　힘 74(+4)

　지능 69

　민첩 65

　체력 72

　마력 77

　잠재력 (357+4/437)

특이사항 : 노예 각인이 새겨져 있습니다.

스킬 : 용의 폭주(U), 마창질주(R)

나는 내심 고개를 끄덕였다.

유은혜보다도 높은 잠재력과 용의 폭주라는 유니크 스킬.

고르기 그지없는 능력치도 무척이나 마음에 들었다.

'저건?'

크라스라 바로 뒤에 누군가가 있었다.

나는 안력을 돋아 상대를 확인했지만, 기억이 나지 않는 얼굴이었다.

드보롱이 마저 설명했다.

"그리고 수명이 다 된 그의 여동생 크리슬리 양입니다. 처지가 딱하여 같이 두긴 했습니다만 크라스라를 구입한 분에게 1+1으로, 아무 조건 없이 그냥 드리겠습니다. 엘릭서를 사용하면 회복할 수 있긴 하나…… 추천하진 않습니다. 기운을 통과시키는 몸의 모든 통로가 막혀서 회복시켜 봤자 성장 가능성이 없습니다. 그래도 얼굴은 반반하니 용도는 알아서 사용하시길."

예의 바르게 나머지를 설명한 드보롱이 화사하게 웃었다.

"자자, 경매 시작가는 0포인트! 장담하건데 크라스라는 이곳에 있는 마족분들 중 누구도 쉽게 상대할 수 없는 강자입니다! 절대 손님분들을 폄하하는 게 아닙니다. 진마롱 아오진의 피가 섞였기에 감히 할 수 있는 말입니다. 원하시는 분이 계시다면 기탄없이 말씀 올려주십시오. 참고로 가진 것 이상의 포인트를 부르면 천장에 보이는 소년과 소녀상에게서 비웃음 소리가 튀어나올 겁니다."

사이드 홀 중 한곳을 차지한 대공 한 명이 손을 들었다.

"1만."

"대공 아리엘 님! 1만 포인트 나왔습니다."

그러자 질 수 없다는 듯 다른 대공이 손을 올렸다.

"2만."

"대공 우파 님! 빠르게 올라가는군요!"

"5만."

"대공 판데모니엄 님! 5만 포인트 나왔습니다. 더 없습니까?"

다들 조금씩 망설이는 기색이다.

5만 포인트조차 없는 마족이 수두룩했다.

대공들도 포인트에 여유가 있지는 않았다.

왜냐면, 이런 경매가 벌어질 줄 그들은 몰랐으니까.

하물며 아직도 경매 물품은 많다. 크라스라가 대단하긴 해도 모든 포인트를 투자할 수는 없었다.

"10만."

"아아! 이로써 모든 대공께서 참여하셨군요. 대공 오쿨루스 님께서 10만 포인트를 부르셨습니다."

10만.

이 역시 엄청난 액수다.

오쿨루스는 여유롭게 대공들을 향해 묘한 미소를 날렸다.

이 정도 투자도 없이 보물을 가지려 하느냐는 조소가 포함되어 있었다.

세 대공의 얼굴에 언짢음이 생겨날 무렵.

중앙 관람석의 유일한 손님인 내가 손을 들었다.

"20만."

삽시간에 좌중이 조용해졌다.

하지만 천장의 소녀상과 소년상은 비웃음을 날리지 않았다.

그만한 포인트를 잔여로 가지고 있다는 의미였다.

"이십만! 백작 랜달프 브뤼시엘 님께서 20만 포인트를 부르셨습니다!"

드보롱마저 당황하여 내 풀 네임을 입에 담았다.

충격요법이 제대로 먹혀들어 갔다.

처음부터 20만을 부른 건 바로 이를 위해서다.

아니, 크라스라와 그의 여동생 크리슬리라면 이 정도 포인트는 사실 싸게 먹힌 거다. 거저 가져가는 것과 같았다.

하지만 이곳에 모인 마족들의 생각은 다르며, 동시에 그들은 내 이름을 확실하게 들었다.

나는 한쪽 입꼬리를 말아 올렸다.

그래, 궁금할 테지.

계속 궁금해하며 똑똑히 각인시켜 둬라.

랜달프 브뤼시엘.

앞으로 너희들이 숱하게 들을 이름일지니!

"20만 포인트 나왔습니다. 더 없습니까? 더 없으면 이대로 크라스라는 랜달프 님에게 낙찰됩니다!"

드보롱이 재촉하자 마족들의 인상이 바뀌었다.

동시에 그들은 전략을 짜기 시작했다.

20만 포인트가 있는 마족이 없지는 않았다.

가 진영마다 한두 명씩은 있었다.

하지만 그들은 중요한 말이다.

크라스라보다 뛰어난 물건이 나온다면 포인트가 많은 마족을 투입하여 경쟁할 수밖에 없었다.

포인트를 몰아주고 싶어도 마신이 만든 시스템에 의거해 정당한 교환밖에 성립되지 않았다.

요컨대 필요 없는 물건을 넘기고 많은 포인트를 받는다거나 하는 행위는 불법으로 간주되어 페널티를 받는다.

양측의 포인트가 몇십 퍼센트 깎여 나간다든가, 몇 년간 포인트 거래불가가 된다든가 하는 아주 막강한 페널티였다.

결국 네 진영 모두 지켜보자는 쪽으로 결론이 나왔다.

경매는 이제 막 시작했을 따름이다.

사용하기에 따라서 크라스라보다 좋은 물건이 나와도 이상하지 않았다. 시작이 저 정도라면, 분명히 그럴 것이다.

드보롱이 가장 뛰어난 걸 처음에 선보인다 했지만 그건 '겉'에 지나지 않는다.

마수야 포인트만 있다면 구할 수 있는 것이나 그들이 바라는 건 포인트를 가지고도 구할 수 없는 희귀한 아이템, 혹은 스킬이었다.

'제법 냉정하게 나왔군.'

객관적인 시선에서 판가름하자면 저들의 선택이 옳다.

많은 포인트를 보유한 마족은 최대한 아끼는 게 경매에서 유리한 고지를 차지하는 비결이다.

'냉정하게 나왔지만…….'

나는 입이 비틀리려는 걸 가까스로 막았다.

마족도, 정령도, 그 누구도 모르고 있다.

진정한 가치는 크라스라가 아니라 크리슬리에게 있다는 사실을!

이때만큼 심안의 존재를 기꺼워한 적이 없었다. 마음 같아선 한바탕 크게 웃어버리고 싶었다.

병약한 겉모습에 속아 진정한 가치를 누구도 깨닫지 못했다.

당연한 일이었다. 상대방의 상태창을 볼 수 있는 건 내가 알기로 심안밖에 없다.

나 역시 심안이 없었다면 크리슬리의 진정한 값어치를 알아차리지 못했을 것이다.

'전생에서 큰 두각을 나타내지 못한 건 그 전에 죽어서겠지.'

더불어서 크라스라가 인간을 증오했던 이유도 예상이 갔다.

마치 길 가다가 에픽 등급의 아이템을 주운 기분이었다.

크라스라만으로도 소기의 목적을 달성했다고 생각했는데 진짜배기는 그의 여동생 크리슬리였다.

'보물의 가치는 그걸 알아보는 사람에게 달려 있다.'

크리슬리는 최고의 보물이었다.

비록 먼지를 타고 빛을 바래 아무도 알아보지 못했지만 잠재된 값어치는 상상을 초월했다.

그것을 내가 알아보았으니 전생에서처럼 허무하게 부서지는 일은 없을 것이다.

내 손을 거쳐 세공된다면 그 결과가 어찌 될지 상상하는 것만으로도 심장이 요동쳤다.

나는 다시 한 번 심안을 열어 크리슬리의 상태창을 확인했다.

이름 : 크리슬리

직업 : 없음

칭호 :

　*진마룡의 피를 잇는 자(Epic, 지능 마력+6)

능력치 :

　힘 19

　지능 94(+6)

　민첩 21

　체력 10(-9)

　마력 28(+6)

　잠재력 (172+3/478)

특이사항 : 진마룡의 강대한 힘을 이었으나 동시에 구음절맥(九陰切脈)이라 칭해지는 빙룡의 저주를 가지고 태어났습니다.

스킬 : 없음

미쳤다.

이 한마디밖에 할 수 없는 잠재력과 지능이었다.

크라스라는 단순히 용의 피를 가진 자라는 칭호였지만 크리슬리는 진마룡의 피를 이었다.

등급도 다르다.

애당초 진짜는 크리슬리였다.

특히 지능의 경우 '초월자의 벽'이라 불리는 100에 도달했다.

100!

경악스러운 수치다.

순수 능력치는 80부터 10단위로 올리기가 까다로워지는데, 90부터는 1 올리기가 하늘의 별 따기 수준이다.

그래서 더욱 칭호나 아이템에 집착하게 되는 것이고.

게다가 90부턴 1이 올라갈 때마다 능력의 체감이 달라진다.

칭호의 효과로 100이 만들어지긴 했지만 순수 능력치마저 무려 94에 달했다.

현실적으로 말이 안 되는 일이 벌어졌다.

이게 무슨 뜻이냐면…… 모든 상태 이상에 있어서 면역이라는 것이다.

적어도 에픽 등급의 상태 이상 스킬과 100이 넘는 마력의 소유자가 있지 않은 이상, 상태 이상 부분에서만큼은 무적이라 불릴 정도였다.

뿐만인가?

지능은 마법의 캐스팅 속도, 스킬의 반발력, 스킬의 숙련도와도 밀접한 관계에 놓여 있었다.

등급과 위력이 강한 스킬일수록 발동 시간이 길거나 몸에 가해지는 페널티가 많지만 지능이 높으면 이 역시 무마시킬 수 있었다.

또한 무슨 스킬을 배우던 엄청난 속도로 등급을 올려 버릴 것이다.

그것이 설혹 스킬북으로 배운 스킬이라 하더라도, 노멀 스킬조차 하나밖에 없는 유니크 등급으로 만들어버리는 게 지능 100의 위력이다.

어찌 보면 지능만큼 만능인 능력치가 없었다.

하지만 지능은 타고나거나 특수한 혈통을 이어받거나, 나처럼 나락군주의 심장 같은 아이템의 도움을 받지 않는 이상 올리기가 매우 까다롭다.

크리슬리는 적어도 위 세 가지 사항 중 두 가지에 부합할 터.

그랬기에 지능 100이라는 경이로는 능력치가 완성된 것이겠지.

'문제는 체력이군.'

체력이 1이다.

빙룡의 저주로 −9가 된 탓이다.

이건 죽지 못해 살아 있다고 봐야 한다.

숨 쉬는 것조차 고통스러울 텐데, 그 견고한 정신력으로 겨우 버티고 있었다.

창백한 혈색과 스스로는 일어서지도 못하는 모습을 보면 알 수 있었다.

짝짝!

30여 초의 여유를 둔 뒤 드보롱이 손뼉을 쳤다.

아무도 손을 드는 이가 없었다. 최종 낙찰이 결정되었다.

"크라스라가 20만 포인트에 랜달프 님에게 낙찰되었습니다! 축하드립니다. 물품은 경매가 끝나면 자동으로 던전으로 이동됩니다."

나는 입가에 미소를 머금었다.

본래는 대공 우파에게 갔어야 할 크라스라와 크리슬리가 내게 왔다. 아마도 오쿨루스가 제안한 10만 포인트보다 조금 더 불러서 둘을 가져갔겠지만, 과연 20만 포인트는 무리인 모양이었다.

'일단 가장 큰 고비는 넘었어.'

한결 마음이 편해졌다.

어둠의 정령들이 나타나 크라스라와 크리슬리가 담긴 철창을 다시 옮겼다.

이제 무엇이 나올까?

여유롭게 감상하며 드보롱에게 시선을 옮기자, 이번에는 건틀렛 하나가 작은 함 위에 담긴 채 모습을 드러냈다.

"다음 경매 물품은 바로 '빛나는 건틀렛'! 근접전을 선호하는 분에게 강력 추천합니다. 상대가 바라보는 것만으로도 눈이 멀게 만드는 강렬한 반짝거림! 단단함은 이루 말할 데 없으며 사용자에 따라 일기당천의 힘을 선보일 수 있습니다. 감히 방금 전 소개한 경매품과 비견될 최고의 아이템. 시작가는 10,000포인트입니다!"

드보롱의 말만 듣자면 빛나는 건틀렛은 적어도 유니크 등급의 아이템이어야 했다.

하지만 심안을 연 결과 나는 헛웃음을 흘리고 말았다.

이름 - 빛나는 건틀렛(Rare)
설명 : 수천, 수만 번 갈고닦아 반짝반짝 빛이 나는 건틀렛. 무척
　　　 이나 단단하다.

'사기꾼.'

수완가, 장사치, 그리고 사기꾼.

드보롱에 대한 내 평가다.

확실히 빛나는 건틀렛은 이름처럼 반짝였다.

단단하다는 설명이 따로 붙을 정도로 강도가 높긴 할 것이다.

아주 강한 사용자가 착용하면 그야 무구도 시너지 효과를 낼 수밖에 없다.

드보롱은 말했다.

방금 전 소개한 경매품과 비견된다고.

비견되긴 하되 필시 크라스라가 아니라 크리슬리 쪽이었다. 이름을 호명하지 않은 걸 보면 확실하다.

그것도 모자라서 등급도 따로 말하지 않은 채 대뜸 높은 경매가를 잡아버렸다.

이러면 듣는 입장에선 '좋은 아이템이구나!' 하고 마음이 동할 수밖에 없다.

아이템 감정 스킬이 있다면 모를까, 이 시점에서 그걸 배운 이는 없을 것이다.

레어 등급에다가 5만 포인트나 하는 스킬북.

20포인트에 불과한 아이템 감정 스크롤을 사용하면 되는 걸 굳이 5만 포인트나 들여서 스킬을 배우려 하지는 않을 테니.

만에 하나 있다손 쳐도 자기 진영 쪽에만 이야기를 흘리고 입을 꾹 닫을 게 분명하다.

남은 세 명의 대공과 그들의 진영이 한 방 먹기를 바라는 마음에서 말이다.

드보롱도 그 사실을 알고 있었다.

알지 못하면 할 수 없는 행동이다.

은근히 빠져나갈 구멍도 마련해 놓는 치밀함마저 있었다.

자연스럽게 혀가 내둘러졌다.

"1만."

"이번에도 대공 아리엘 님께서 시작하셨습니다. 1만 포인트!"

"2만."

"쉬지 않고 달리시는군요. 백작 랜달프 브뤼시엘 님! 2만 포인트 나왔습니다!"

어깨를 으쓱했다.

'기꺼이 바람잡이가 되어주지.'

드보롱의 의도를 알았으니 장단을 맞춰줄 생각이었다.

이런 식으로 상대의 포인트를 소모시킬 수 있다면 바람잡이 정도는 되어줄 수 있었다.

"3만."

"대공 우파 님! 자, 더 없습니까? 없으면 이대로 낙찰됩니다."

"4만."

"다시 한 번 백작 랜달프 님! 안목이 역시 탁월하십니다."

탁월하긴…….

입에 발린 소리를 잘도 한다.

"5만!"

"질 수 없다, 대공 우파 님! 5만 포인트까지 나왔습니다!"

짜증이 가득 섞인 대공 우파의 목소리였다.

이후의 입찰자는 아무도 없었고 5만 포인트에 잡템 하나가 대공 우파에게 낙찰되었다.

"5만 포인트에 낙찰되었습니다! 축하드립니다. 건틀렛은 경매가 끝난 직후 던전으로 이동됩니다."

나는 가볍게 실소를 터뜨렸다.

잡템 중의 잡템.

빛나는 건틀렛의 위치는 그 정도였다.

그것을 5만 포인트나 들여서 구매했다.

어찌 웃음이 나오지 않을 수 있으랴!

이어진 경매도 그런 식이었다. 나는 바람을 잡았고 마족들은 바가지를 쓴 채 아이템을 구입했다.

이쯤 되자 드보롱도 내 의도를 눈치챈 것 같았다.

드보롱의 눈빛이 한없이 나긋해졌다.

다른 마족을 볼 때와 나를 볼 때의 차이점이 조금씩 나타나고 있었다.

눈에 띄어 그의 머릿속에 내 이름이 새겨지는 데 성공한 것이다.

그렇게 경매는 일곱 번이 더 지나갔고, 마침내 열 번째 경매 물품이 등장했다.

"이번 경매품은 조금 특별합니다. 봉인된 단도! 저희도 봉인을 풀면 뭐가 튀어나올지 알 수 없는 랜덤 아이템입니다.

마치 복권과 같지만 성공만 한다면 감히 에픽 등급의 무구를
얻을 수 있는 절호의 기회! 시작가 5만 포인트 되겠습니다."

원하던 물건 중 하나가 나왔다.

잘 빠진 매끈한 단도 한 자루가 등장한 순간 나는 심안을
열었다.

[봉인된 무기입니다. 봉인의 등급이 매우 높아 억지로 심안을 발
동시킬 경우 페널티가 주어질 수도 있습니다.]

페널티…….

그게 무엇이든 한 번쯤은 경험해 볼 일이었다.

게다가 저런 문구가 떴다는 건, 봉인된 무구의 등급과 설
명을 읽을 수 있다는 뜻이다.

내 도박은 반쯤 성공했다.

나머지 반은 페널티를 확인한 뒤 알 수 있을 터였다.

나는 경고창을 무시하며 다시 한 번 심안을 열었다.

이름 - 울부짖는 단도(Ex R)

설명 : 뱀시의 한이 유독 강하게 서린 단도. 착용한 이의 정신을
　　　 갉아먹는다.

　*하루 세 번 레어 등급 스킬 '가속' 사용 가능

[봉인의 등급이 매우 높아 페널티가 주어집니다.]
[72시간 동안 힘이 -10 저하됩니다.]

비틀!

나는 급격한 무력감을 느끼며 잠깐 몸을 비틀거렸다.

'이게 페널티인가?'

삼 일간 힘이 저하된다는 메시지 창.

'이 정도면 할 만하다.'

그래도 영구적으로 내려가지 않은 게 어딘가.

굳이 5만 포인트나 들여서 살 무기는 아닌지라 나는 입찰에 들어가지 않았다.

흥미를 느낀 아리엘 대공이 처음이자 마지막으로 입찰하여 물건을 가져가는 데 성공했지만, 나머지 대공들은 썩 마땅치 않다는 표정이다.

그들은 도박을 싫어한다. 거기다가 시작가가 너무 비쌌다.

이어 15번째에 또다시 봉인된 무구가 나왔다.

나는 숨을 크게 들이쉰 뒤 심안을 열었다.

이름 - 뭉툭한 검(N)

설명 : 검으로서의 능력을 상실한 무기.

[봉인의 등급이 매우 높아 페널티가 주어집니다.]

[72시간 동안 체력이 -10 저하됩니다.]

"후흡!"

빈혈이 올라오는 걸 가까스로 버텨냈다.

힘겹게 확인했건만 최고의 쓰레기 아이템이었다.

'쓸 만한 게 있을 거다. 분명히.'

회귀 전의 일이다.

봉인된 무구에서 에픽 등급의 장비가 뜬 적이 두 번 있었다. 공개되지 않은 것까지 치면 서너 개는 될 것이었다.

확률은 낮지만 이번 경매에서 에픽 등급 아이템이 뜨지 말란 법이 없었다.

경매 물품 21번.

이번에도 봉인된 검이 등장했다.

나는 입을 꾹 다문 채 심안을 열었다.

이름 - 분노(Epic, Set Item)

설명 : 신들조차 반해 버린 신화적인 대장장이 오스웰의 마지막
　　　작품. 7대 죄악을 모티브로 만들었지만 강력한 사념이 깃
　　　들어 이 작품을 마지막으로 오스웰은 미쳐 버렸다고 전해
　　　진다.

"분노하라, 순수 악이여!"

*힘+7, 7일에 한 번 에픽(Epic) 등급 스킬 '분노' 사용 가능

['7대 죄악' 세트 아이템을 발견하였습니다. 같은 종류의 세트 아이템을 모으면 모종의 효과가 더해집니다.]

[봉인의 등급이 매우 높아 페널티가 주어집니다.]

[72시간 동안 민첩이 -10 저하됩니다.]

'나왔다……!'

지독한 무력감이 몰려왔지만 무시했다.

이로써 내 도박은 완전하게 성공했다.

에픽 등급. 거기다가 세트라니?

세트 아이템은 모으면 모을수록 강력한 힘을 발휘한다.

7개를 모두 모았을 때 레전드 등급의 무구와도 감히 견줄 만한 절대적인 위력을 발휘할 것이었다.

노멀, 레어, 유니크, 에픽, 그리고 레전드로 이어지는 등급의 사슬에서 사실상 에픽 이상만 되어도 정점이라 할 만했다.

전생에서조차 레전드 등급의 아이템은 두 개뿐이었다.

어쩔 수 없는 게, 등급 높은 스킬보다 등급 높은 아이템 찾기가 몇 배는 어려웠다.

그중 'Set' 표시가 붙은 아이템은 더욱 희귀했다.

에픽 등급에 세트? 거의 꿈의 영역이다.

세트 아이템을 모두 모으면 표시된 등급보다 한두 단계 위의 가치를 갖게 된다.

7대 죄악을 얻을 수 있다는 가정하에 더 이상 장비 걱정은 안 해도 되는 듯이다.

미약하게 몸이 떨렸다.

크라스라나 크리슬리는 다듬어지지 않은 보석이다.

다듬어지기까지 시간이 걸린다.

하지만 분노는 이미 완성되었으며, 더욱 완벽하게 완성될 가능성을 가지고 있었다.

게다가 내 자신의 강화에 이용된다.

마수를 부리거나 동료를 늘리는 것보다 나 자신의 강함이 축적되는 게 더욱 큰 기쁨을 가져다줬다.

'나도 어쩔 수 없는 천생 전사인가 보군.'

전사는 투쟁함으로써 자신의 가치를 증명한다. 착용할 무구에 애착을 가지는 건 당연한 일이었다.

분노를 바라보는 내 눈이 더욱 깊어졌다.

'바람잡이 역할로 꽤 많은 포인트를 소진시켰지. 이제 20만 포인트 이상을 가진 자는 많아야 둘이다.'

21번째 경매가 오기 전까지 바람잡이로서의 역할에 충실했다.

그 결과 내가 크라스라와 크리슬리를 구입하느라 사용한 걸 제외한, 총합 257만 포인트를 비워 버리게 만드는 데 성공하였다.

어둠의 정령은 마족이 가진 포인트의 평균값이 13만이라고 말했으니…… 내가 가지고 있었던 150만 포인트를 제외하면 786만.

이 중 경매에서 들인 257만을 빼면 71명의 마족이 가진 포인트는 529만밖에 되지 않는다.

평균 7.5만에도 살짝 못 미치는 액수.

반면 난 아직도 83만 포인트를 보유하고 있다.

슬쩍 시선을 돌려 사이드 홀을 바라봤다.

지금까지 경매에 참여하며 20만 포인트 이상을 사용한 마족은 둘이었다.

한 진영당 한 명씩 있다손 쳐도 그 이상의 포인트를 가진 마족은 많아야 둘이라는 소리.

경쟁조차 되지 못하는 구도지만 최대한 아끼는 게 좋은 현재로선 그들의 동태를 주의 깊게 살펴볼 필요가 있었다.

"이번에도 봉인된 무구입니다. 전신에서 느껴지는 마력의 향이 심상치 않은 이 물건! 역시 5만 포인트부터 시작하겠습니다."

드보롱이 자신 있게 소개했다.

나는 즉시 손을 들지 않았다. 분노의 값어치를 알아보는 이가 있는지 파악하기 위해서다.

"5만."

"백작 랜달프 님! 5만 포인트 나왔습니다. 더 없습니까?"

"6만."

"대공 아리엘 님! 포인트가 아직 남아 있으셨군요!"

아리엘이 참전했다.

그녀는 이전에도 봉인된 무구를 하나 구매하지 않았나.

그것도 익셉셔널 레어(Ex R)등급의 그럭저럭 괜찮은 것을 가져갔다.

잔여 포인트가 얼마 되지 않을 것일진대 이번에도 참여한 걸 보면, 봉인되었다곤 하나 무기를 보는 안목 하나는 상당하다고 봐야 할 것이다.

'스킬이 아니라 순전한 안목이다. 아리엘 디아블로는 웨폰 마스터. 봉인된 무구조차 조금은 파악하는 게 가능하다는 것인가.'

그 정도면 감의 영역인데 놀랍기 그지없다.

"7만!"

"대공 우파 님. 7만까지 나왔습니다. 가파르게 올라갑니다!"

문제는 대공 아리엘이 참여함으로써 그녀의 정적인 대공 우파가 참전했다는 것이다.

마음 편하게 가져가고 싶었지만 이런 곳에서 경쟁이 붙어 버리고 말았다.

물론 그 둘은 나 따위야 안중에 없다는 듯 서로를 노려보고 있었지만, 에픽 등급의 세트 아이템임을 알아차린 이상 포기할 수는 없는 노릇이다.

"10만."

"백작 랜달프 님! 아랑곳하지 않는 모습 멋집니다. 10만 포인트 나왔습니다!"

"11만."

"대공 아리엘 님!"

"12만."

"대공 우파 님!"

"15만."

"그의 끝은 어디인가! 백작 랜달프 님!"

둘이 싸울 때가 아니라는 걸 드디어 깨달았는지, 대공 아리엘과 우파의 시선이 내게로 향했다.

당연히 좋은 의미의 시선은 아니었다.

하지만 아리엘은 이미 한계였다. 진즉 5만 포인트를 사용하여 잔여 포인트가 얼마 없었다.

우파도 그렇게 넉넉한 상황은 아닌지라 내게 무시무시한 안광만을 던질 따름이었다.

나는?

여유가 있었다.

그들보다는 확실히.

"3, 2, 1! 축하드립니다. 랜달프 님에게 낙찰되었습니다!"

드보롱이 박수를 쳤다.

분노가 나의 것이 된 순간이었다.

이어진 경매에서 나는 여섯 개의 물품을 추가로 더 구입할 수 있었다.

'뇌신공(雷神功)'이라 불리는 유니크 등급의 스킬북, 유니크 등급의 반지 '파라노말', 민첩의 물약, 익셉셔널 유니크 등급의 세트아이템 '죽음 지팡이', 레어 등급의 '영원의 꽃', 그리고 다크 엘프의 마을 하나를 통째로 구입하여 총 65만 포인트를 사용했다.

얻은 아이템을 나열해 보자면…….

이름 - 뇌신공(雷神功, U)

설명 : 뇌신이 되기 위한 공부가 적힌 비법서. 12성까지 연마하면 번개를 자유자재로 다룰 수 있다고 전해진다.

이름 - 파라노말(U)

설명 : 5가지 축복 중 하나를 무작위로 내려주는 반지. 한 시간 동안 모든 능력치+2, 회복, 30분간 마력+5, 강력한 매력 부여, 무한 정력 중 한 가지 축복을 하루 한 번 얻을 수 있다.

이름 - 민첩의 물약

설명 : 민첩 1을 영구히 증가시킨다.

이름 - 죽음 지팡이(Ex U, Set)

설명 : 죽음의 왕이 사용했던 지팡이. 죽음을 예술로 승화시킨 그
　　의 업적은 공포로 얼룩져 있다.
　*마력+4, 귀속 아이템, 언데드 제조(U) 스킬 사용 가능.

이름 - 영원의 꽃(R)
설명 : 따로 물을 주지 않아도 영원히 핀다는 아름다운 꽃이다.
　　주변 경관이 아름다워지는 효과가 있다.

　마지막 다크 엘프의 마을은 아이템이 아닌 관계로 자세히
설명할 순 없지만, 총인원 50 정도의 작은 마을이었다.
　그러나 성년의 다크 엘프는 중급 마수 3Lv에 달하는 무을
선보일 수 있었다.
　만물상점에서도 따로 구입할 수 있으나 훨씬 싸게 살 수
있는 기회인데 놓칠 수는 없다고 판단했다.
　뇌신공과 파라노말, 민첩의 물약은 내가 사용할 물건이
었다.
　특히 능력치를 영구히 올려주는 물약은 지금이 아니면 엄
청나게 비싸게 구매해야 하기에 선점해 두었다.
　나중에 벽에 막히거든 마실 것이다.
　죽음 지팡이는 일전에 얻은 사령술사의 책과 훌륭한 시너
지를 낼 것 같았다.
　사령술사도 죽음을 관조하는 직업이니 함께 사용하면 상

당한 상승효과를 가져올 게 분명했다

나는 이 두 개를 크리슬리에게 양도할 작정이었다.

그녀의 지능과 잠재력이 합쳐지면 전무후무한 네크로맨서가 탄생하리란 기대감이 있었다.

조금 더 성장하면, 나를 대신해 던전 마스터 대리를 맡겨도 무방할 터였다.

사실상 죽음을 다루는 직업만큼 던전 마스터와 어울리는 것도 없었다.

대리로 세우기엔 안성맞춤이다.

영원의 꽃은…… 이건 3천 포인트에 구입했는데, 당연하게도 이히에게 배정되었다.

내가 꽃 따위를 어디다가 쓰겠나. 이히에게 처음으로 주는 선물이었고, 이히의 반응을 상상하니 썩 재미가 있을 듯해서 구입했다.

'이게 끝이 아니지.'

포인트를 사용한 경매에서 얻은 건 위의 것들이 전부다.

하지만 포인트를 사용하다가 얻은 게 있었다.

나조차 예상하지 못했던 이스터 에그가 다시 나타난 것이다.

[놀라운 업적! 첫 경매에서 100만 포인트 이상을 사용하였습니다.]

[7급 이스터 에그가 개방됩니다.]

['잔여 능력치 1'을 획득합니다. 한 번에 한하여 원하는 능력치를 하나 올릴 수 있는 권능입니다.]

"하하하!"

경매가 끝난 뒤 나는 크게 웃어버렸다.

원했던 것을 모두 얻었으며, 기대 이상의 결과에 만족했다.

나락군주의 심장을 얻었던 3급에 훨씬 못 미치는 7급이지만 보상은 나쁘지 않았다.

원하는 능력치를 원하는 때에 올릴 수 있다는 건 엄청난 일이었다.

순수 능력치가 90을 넘으면 하나 올리기가 죽을 만큼 힘들다.

그때 민첩의 물약이나 잔여 능력치는 한계를 넓혀주는 중요한 역할을 맡아줄 것이었다.

"멈춰라."

경매장의 넓은 홀을 막 벗어난 시점.

그로기 후작이 날 막아섰다.

던전 안을 서큐버스로 채웠다가 지리멸렬한 마족.

대공 우파의 측근 중 한 명인 그가 왜 나타났는지 대충 짐작은 되었다.

좋은 물건을 죄다 뺏긴 게 억울해서겠지. 아니, 어쩌면 포인트 모으는 비법이 궁금해서일 수도 있겠다.

나는 그로기를 무시하고 걸었다.

놈이 나섰다는 건 공작이나 대공의 묵인하에 행동하고 있다는 방증이다. 신경 써줄 필요가 없었다.

"이 버러지가 날 무시해?"

수악!

정확히 나를 노리고 창대가 날아들었다.

그로기가 그사이를 참지 못해 공격을 한 것이다.

하지만 능력의 차이가 압도적이다.

아무리 저주로 능력치가 하락되었다고 해도 공작이나 대공이 나서지 않는 한, 후작 따위가 날 어찌할 순 없었다.

날아드는 창대를 잡았다.

"이걸 공격이라고 하는 건가?"

"익……!"

그로기가 분해하며 창을 움직여 봤지만 요지부동이다.

"이놈! 놔라! 후회할 것이다!"

"후회? 네가 하는 거겠지."

"죽음 지팡이를 넘겨라. 그 물건은 너 같은 버러지가 가지기엔 아깝다. 더욱 어울리는 분이 존재하니 기쁜 마음으로 건네야 할 것이다."

시비를 건 이유는 죽음 지팡이에 있었나 보다.

"버러지라……."

나는 쓰게 웃었다.

결국 벌레라는 말이다.

이번 생에서조차 같은 단어를 듣게 될 줄이야.

나는 창대를 잡은 자세를 유지하며 검을 소환했다.

그대로 강하게 창대를 잡아당겨, 그로기의 왼팔을 잘랐다.

"크아악!"

"주제 파악이 안 되는 모양이군."

창졸간에 일어난 일.

그로기의 능력치는 나에게 한참 못 미친다.

마족답게 그로기는 쓰러지진 않았지만 악에 찬 눈으로 나를 바라보고 있었다.

"내 눈엔 마치 네가 버러지처럼 보이는구나. 가볍게 밟아도 등이 터지는 존재 말이야."

나는 차게 웃으며 나머지 팔 하나를 잘라내려 했다.

죽이는 것 자체는 이곳이 아니라 지구로 돌아간 뒤에 해도 늦지 않다.

이곳에서 마족을 죽였다간 드보롱과 겨우 터놓은 관계가 무너질 수도 있었다.

파삭!

막 검을 내려치려는 찰나 그 사이로 검은색의 구체가 지나갔다.

구체는 땅에 박혀 주변의 지대를 흡수하기 시작했다.

위력을 조절했는지, 아직 스킬에 익숙하지 않은 탓인지, 빨아들이는 힘이 적었다.

하지만 저 스킬을 최대치로 사용하면 건물 자체가 날아가도 이상하지 않았다.

눈에 익은 스킬.

동시에 사방에서 느껴지는 압도적인 존재감!

"애가 다치니 부모가 납시셨군."

나는 검을 든 채 어깨를 으쓱했다.

나를 제지한 이는 대공 우파였다.

주변의 모든 것을 빨아들이는 '블랙홀'은 그의 전매특허 스킬.

대공 우파의 옆에는 수많은 마족이 함께하고 있었다.

"나를 알아보고도 고개를 숙이지 않다니, 간이 배 밖으로 나온 놈이도다."

말투에서부터 그의 성격을 알 수 있다.

오만하며 독선적인.

충분히 그만한 위치에 있는 존재이나 내겐 별개다.

"내가 그쪽의 휘하 마족인가? 그쪽에 붙은 기억은 없는데."

우파의 표정이 사나워졌다.

"버릇없는 것. 하지만 네놈이 내 휘하의 마족을 공격한 건 엄연한 사실. 이를 어찌 해명할 셈이냐?"

해명이고 자시고 공격했기에 받아친 것뿐이었다.

나는 구구절절하게 설명하는 것도 귀찮아 대충 답했다.

"놈이 먼저 공격했다."

"팔을 잘라낸 건 네놈이지."

"포션으로 붙이면 될 거 아닌가."

뭐 그게 어려운 일이라고 따지고 드는지.

이런 상황이 되리란 예상을 어렴풋이 하고 있기는 했다.

예상했기에 적당히 연극을 해준 것이다.

사실 그로기 따위에게 욕 좀 들은 걸로 흥분하면 그건 격이 떨어지는 일이다.

김용우가 말하던 코끼리와 개미, 그 정도의 차이였다.

애당초 화가 나지도 않았다.

팔을 잘라낼 일조차 아닌 일에, 나는 굳이 손을 썼다.

왜일까?

마계의 이면. 어둠의 정령왕이 다스리는 이곳의 룰을 정확하게 꿰뚫고 있는 이는 오로지 나밖에 없으니까!

"목이 잘려야 조용해질 놈이구나."

"내 목을? 하하!"

내 목을 자를 수 있는 이는 없다.

전생에서, 힘이 부족할 때조차 최후의 최후까지 살아남았던 나다.

고작 이런 장소에서 죽자고 회귀한 게 아니다.

"이놈……. 적당히 성의를 보이면 용서해 주려 했다만, 안 되겠다. 파간, 저놈의 입을 막아라."

공작 파간.

우파를 곁에서 보좌하는 세 명의 공작 중 하나.

그가 고개를 끄덕이며 앞으로 나섰다.

분위기는 삽시간에 흉흉해졌다.

나는 심안을 열었다.

이름 : 파간 그리울리

직업 : 마계 공작(던전 마스터)

칭호 :

　*늑대의 왕(Ex U, 힘민첩+4)

능력치 :

　힘 80(+4)

　지능 63

　민첩 65(+4)

　체력 68

　마력 77

　잠재력 (353+8/500)

특이사항 : 척박한 늑대의 땅, 그리울리의 주인.

스킬 : 늑대화(U), 재생력(U)

[상대 비교]

파간 그리울리

　힘 84 지 63 민 69 체 68 마 77 잠재력 (353+8/500)

랜달프 브뤼시엘

　힘 71 지 56 민 66 체 72 마 80 잠재력 (329+16/500)

(페널티로 인한 모든 능력치-10 상태)

나는 고개를 주억였다.

능력치 면에선 살짝 밀린다. 페널티 탓이다.

경매 중 다섯 개의 봉인된 무구를 심안으로 살피며 능력치 −50이 되었다.

그럼에도 이 정도라면 정상적인 상태에선 여유롭게 이길 수 있다는 뜻이다.

스킬도 마찬가지다. 하지만 이 역시 뇌신공을 익히고 분노를 사용하면 역전될 부분이었다.

'대공과 공작 간의 차이가 크군.'

대공들의 능력치 총합은 대부분이 400에 근접했다. 반면 공작은 340에서 360 사이에 위치하고 있었다.

과연 대공. 격이 다른 존재란 말인가.

그리고 나 역시 대공들과 어깨를 나란히 할 만한 성장을 보였다.

비록 페널티가 그것을 다 깎아먹었지만 어깨가 절로 으쓱해지는 것도 사실이다.

때마침 경매장 안에서 마족들이 하나둘 나오고 있었다.

대공 아리엘, 판데모니엄, 오쿨루스도 곧 모습을 드러냈다.

그들은 다소 흥미로운 눈빛으로 나와 파간을 바라봤다.

물론 그 흥미의 대부분은 내게 집중되어 있었다.

72마족 중 어느 파벌에도 들지 않은 유일한 자.

거액의 포인트를 아낌없이 사용하던 마족…….

강자일까, 약자일까?

강자라면 접촉하고 약자라면 버린다.

쓰면 뱉고 달면 삼키듯이.

그런 식의 계산을 냉정하게 하려 들 것이다.

"무기를 들어라, 풋내기 마족아."

파간이 짐승처럼 그르렁거리며 입을 열었다.

늑대의 왕. 그리울리의 지배자. 충신 중의 충신. 하지만
허무하게 버려질 자. 우직하게 멍청한 놈.

빠르게 머릿속으로 파간 그리울리에 대한 평가가 지나
갔다.

"그쪽은 무기가 필요 없나? 멍멍이 마족?"

"버릇없는 놈이군. 내 무기는 이거다."

강철보다 단단하고 칼날보다 예리한 이빨과 손톱을 보이
며 파간이 말했다.

"그런가? 그럼 사양 않지."

나도 검을 들었다.

자세를 잡은 후 막 격돌하려는 찰나.

"……멈추시오! 이곳은 정령왕께서 다스리시는 성전! 함부로 난동을 부리면 가만히 두고 보지 않겠소!"

거칠어 보이는 인상의 최상급 정령이 모습을 드러냈다.

그 옆에는 드보롱이 서 있었는데, 그가 나를 보곤 윙크를 날렸다.

나는 말하자면 VIP 고객이다.

게다가 바람잡이 역할로 톡톡히 재미를 봤기에 그가 나에게 보내는 호의도 당연한 것이었다.

'제때 왔군.'

나는 즉시 검을 늘어뜨렸다.

더 이상 싸울 의사가 없음을 그들에게 알렸다.

"정령들 따위가 우리의 행사에 끼어들려 하느냐? 저놈은 대공 우파 님을 모욕했다! 마땅히 벌을 받아야 한다."

그와 반대로 파간은 불같은 성질을 드러내며 노골적인 항의를 했다.

정령계에 발을 들인 건 그들로서도 처음 있는 일.

하물며 오만으로 똘똘 뭉친 우파와 휘하 마족들답게 누구의 말에도 따르려 하지 않았다.

나는 피식 웃었다.

정말 멍청한 짓이다.

경매를 주관하는 어둠의 정령들이 얼마나 중요한 요소인지 파악했다면 이런 행위는 해선 안 된다.

한 발자국 물러서는 게 서로에게 득이 되는 일이다.

대공 우파 역시 파간을 막지 않았다. 그의 얼굴에도 짜증이 서려 있었다.

강제 소환을 당해 경매에 참여했다는 것부터가 마음에 들지 않았을 것이다.

그것도 모자라서 내가 도발하고, 정령들이 자신의 행사를 막아섰다.

차곡차곡 쌓인 분노가 언제 터져도 이상하지 않았다.

'처음에는 누구나 실수를 하는 법이지. 단지 우파와 파간은 돌이킬 수 없는 실수를 했을 뿐이고.'

다른 장소라면 모르겠다.

그러나 이곳은 어둠의 정령들에게 절대적인 장소.

정령왕의 성전이다.

이곳에서 정령왕을 무시하고 멋대로 행동한다?

사생결단을 내자는 거다.

마신의 계약에 의거해 정령들이 먼저 마족에게 직접적인 공격을 가할 수는 없지만 경매에 참가하지 못하도록 할 수는 있었다.

특히 초창기에는 포인트가 부족하여 경매에 의존하는 성향이 강한데, 경매에 참여하지 못한다면 다른 마족과 격차가 벌어질 수밖에 없었다.

아직 우파와 파간은 그 사실을 몰랐다. 그렇기에 저런 행동이 가능한 것이다.

"정령들 따위? 대공 우파와 그대들이 마계에선 제법 한가락 한다고 하나 이곳은 정령계! 그대들이 함부로 행동할 수 있는 장소가 아니다!"

최상급 어둠의 정령이 분노에 차 몸을 부르르 떨었다.

그의 뒤로 여러 정령이 모여들고 있었다.

파간은 이에 아랑곳하지 않았다.

"흥! 그래서 우리를 막겠다는 건가? 이건 우리 마족의 일이다!"

마족의 일에 정령이 간섭하는 건 모습이 좋지 않았다.

다른 마족들 역시 조금은 가지고 있던 생각이다.

그러나 나와 정령들의 생각은 달랐다.

"하지만 이곳은 정령계다. 그대들이 이곳에 왔으니 마땅히 정령의 법을 따라야 할 터인즉!"

"강제로 소환해 놓고 따르라? 우리가 그리 만만해 보이는가!"

"마신께서 주관하신 것이지, 그것은 정령들의 뜻이 아니다. 그럼에도 싫다고 한다면 좋다! 대공 우파와 그 휘하 마족들에게 3년간 경매장 출입을 금하도록 하겠다."

"오냐, 오라고 사정해도 오지 않을 것이다!"

파간이 결정해선 안 되는 사항이지만 머리끝까지 화가 난 상태였다.

언제까지나 평행선을 달릴 것 같던 이야기가 파간의 선언으로 끝을 맺었다.

'하하!'

3년이라!

걸작이다.

이로써 대공 우파와 휘하 마족들은 3년간 이뤄지는 3번의 경매에 참여하지 못하게 되었다.

메울 수 없을 만큼의 간극이 벌어지진 않겠지만 초반의 격차가 후반까지 갈 것이 자명했다.

'한 명은 떨어뜨렸군.'

예상은 하고 있었다. 시비를 걸어오는 마족이 있을 것이라고. 그 덫에 대공 우파가 걸렸다.

바람직한 일이었다.

적당히 장단에 맞춰서 놀아준 대가로는 충분했다.

"이곳에서 벌어진 싸움은 정령의 법대로 처리하겠다."

어둠의 정령이 쐐기를 박았다. 그러자 파간이 이를 갈았다.

"웃기는 소리! 누가 감히……."

"동의하지. 궁금한 게 있나?"

파간의 말을 내가 끊었다.

원하는 바는 이뤘고 이제 종지부를 찍을 때였다.

동시에 최상급 정령의 표정이 달라졌다. 옆에 선 드보롱의 얼굴도 한결 부드러워졌다.

"랜달프 브뤼시엘 님, 사정 취조에 협조해 주시겠소?"

"적당한 선이라면 협조하지 못할 것도 없다. 이곳은 그대들의 땅이니까."

"고맙소이다."

"후후! 인간들의 말 중에 이런 게 있지. 로마에 가면 로마 법을 따르라. 참고로 로마는 어느 국가의 이름이다."

"인간들도 그런 면에선 괜찮은 구석이 있구려. 그보다 랜달프 브뤼시엘 님, 일의 경위부터 듣고 싶소만……."

파간을 대할 때와는 말투와 행동 자체가 다르다.

어차피 다른 마족은 모두 나와 경쟁관계였다. 놈들이 나를 어떻게 생각하든 알 바 아니다.

반면 정령은 좋은 협력관계가 될 수 있었다.

누구의 손을 들어야 하는지는 시작부터 뻔하다.

마족들이 인상을 찌푸리며 나를 쳐다봤다. 파간이나 대공 우파는 대놓고 적대적인 시선을 보냈다.

개의치 않았다.

저들의 틀에 나를 맞출 필요가 없었다.

'나는 나의 길을 간다.'

이 앞길에 뭐가 있을지는 모르지만.

적어도 저들이 없으리란 건 확실했다.

그러니…… 막힘없이 한번 걸어보련다.

경매가 끝났다.

나는 무사히 던전으로 돌아올 수 있었다.

눈을 뜨자, 던전 코어 위에서 잠든 이히의 모습이 보였다.

'온종일 잠만 잔 모양이군.'

요정은 원래 잠이 많다.

육체도 없는 주제에 왜 잠을 자야 하는지 모르겠지만 가만히 놔두면 몇 날 며칠을 잠들기도 했다.

던전 마스터가 왔음에도 꿋꿋한 자세다.

작게 혀를 찬 후 품에서 새끼손톱만 한 돌멩이를 꺼냈다.

경매를 진행했던 담당자 드보롱.

정령왕의 최측근인 그가 내게 선물한 물건이었다.

'이걸로 연락을 주겠다고 했지.'

그러니까 이 돌멩이는 연락을 가능하게 하는 도구인 셈이다.

하나 단순히 연락만 주는 게 선물은 아닐 것이다.

드보롱이 대놓고 말은 안 했지만 그가 준 선물이 무엇인지 짐작은 갔다.

'편의를 봐주고 경매 물품을 미리 알려주겠다는 뜻.'

경매에 뭐가 나올 것인지만 알면 미리 계획을 짤 수 있다.

그만큼 좋은 아이템이나 스킬, 마수를 얻는 게 가능해진단 소리다.

앞으로 몇 년 뒤에나 가능할 것 같았는데 우파와 파간 덕분에 시간을 아낄 수 있었다.

정령들과 반목할 생각이 없다는 제스처를 통해 화목한 분위기를 가지게 되었다.

그리고 바람잡이 역할도 계속해 주리란 암묵적인 동의 아래 이번 일이 성사된 것이다.

서로가 윈-윈 할 수 있는 구조였다. 마다할 이유가 없었다.

지이잉.

그때, 공간의 균열이 내 바로 옆에서 생겨났다.

나는 돌멩이를 품에 집어넣은 후 시선을 돌렸다.

'도착했군.'

균열이 걷히며 가장 먼저 모습을 드러낸 건 분노다.

이어 죽음 지팡이, 파라노말, 영원의 꽃, 뇌신공, 민첩의 물약이 차례대로 나타났다.

구매한 경매 물품의 전송이었다.

"헙! 뭐, 뭐예요? 무슨 일이 일어난 거예요!"

느닷없는 파공음에 잠에서 깨어난 이히가 주변을 두리번거렸다.

입가의 침이 적나라했지만 닦을 생각조차 하지 못했다.

나는 그런 이히를 무시하고 물건을 모두 마법 주머니에 넣었다.

지이이이잉!

곧 그 옆에서 더욱 큰 균열이 생겨나며 50명의 다크 엘프가 걸어 나왔다.

대부분이 아직 어려 성체는 몇 없었지만 충분히 제값을 하는 존재들이다.

성체의 다크 엘프 하나가 보통 6,600포인트를 호가하니까. 이들 50명을 고작 8만 포인트에 구매했다.

나는 그들의 뒤에서 걸어오는 두 명을 바라보며 슬며시 미소를 머금었다.

크라스라와 크리슬리!

이번 경매 최대의 기대주들이 잔뜩 표정을 굳힌 채 나를 바라보고 있었다.

Chapter 9

크라스라와 크리슬리

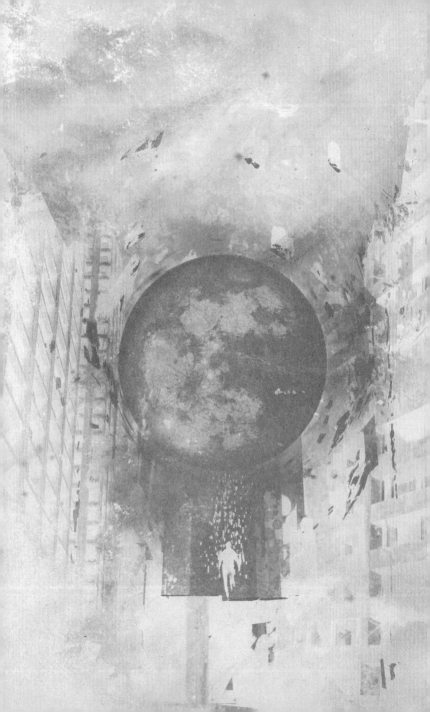

Dungeon Hunter

'긴장하고 있군.'

긴장한 티가 표정과 몸짓에서 나타났다.

특히 크라스라는 내게 의연한 척 시선을 던졌지만 몸이 미묘하게 떨리고 있었다.

잔뜩 눈초리에 힘을 준 채 나를 경계하고 탐색하며, 한 발자국 앞장서서 크리슬리를 지키는 모양새를 취하는 중이었다.

던전 마스터를 대하는 것치곤 불손하기 짝이 없으나……
동생을 지키려는 본능적인 행동이기에 넘어갈 수 있었다.

어차피 크라스라는 경계 이상의 행위를 할 수 없었다.

이빨을 드러낸다거나 내게 반하는 행동은 하지 못한다.

'노예 각인 때문이겠지.'

경매장에 넘어가는 순간 신체와 영혼에 새겨진 인장.

던전 마스터에게 반발하려는 순간 참을 수 없는 강렬한 통증이 찾아오고, 더 나아가면 아예 백치가 되어버린다.

크라스라도 그것을 알기에 긴장하는 것일 터.

"던전 마스터께 인사 올립니다."

마침 50명의 다크 엘프 무리가 동시다발적으로 한쪽 무릎을 꿇었다.

"네가 족장이냐?"

나는 가장 앞에서 입을 열었던 성체 다크 엘프에게 말을 걸었다. 유일하게 백발이 난 노인의 모습이었기 때문이다.

노화한 다크 엘프가 고개를 크게 끄덕였다.

"그렇습니다, 던전 마스터이시여!"

"이름은?"

"줄리엄입니다."

"모두가 같은 마을 출신인가?"

"맞습니다. 경매장에선 따로 나오긴 했지만 크라스라와 크리슬리도 같은 마을 출신입니다."

나는 턱을 쓸었다.

이들은 어둠의 정령에게 무언가를 대가로 받고 경매 물품이 되기를 자처한 자들이다.

정령들이 경매 물품을 채우는 건 대개가 그런 식이었다.

억지로 타락시킨 뒤 끌고 오는 경우도 있었지만…….

하여튼 마을이 통째로 경매에 넘어가는 건 매우 드물었다.

게다가 크라스라와 크리슬리는 따로 경매가 진행되기도 했지 않나.

마을 자체, 혹은 마을에 중요한 무언가에 사정이 생겨서 어둠의 정령과 계약을 한 것일 테다.

내가 잠시 침묵하자 불현듯 줄리엄이 말했다.

"크리슬리에게 흥미를 느낀 진족 뱀파이어들에게서 도망가려니 방법이 없더군요. 하여 어둠의 정령과 계약을 맺었습니다."

"나는 아무것도 묻지 않았다만."

"던전 마스터께선 저희의 모든 것을 알고 이끌어 가야 할 존재이십니다. 사정을 설명드리는 게 당연하다고 판단했습니다."

묻지 않아도 알아서 설명해 주는 점은 높게 샀다.

'진족 뱀파이어라.'

잠시 뱀파이어의 특징을 떠올렸다.

놈들은 피가 뜨겁다.

여인의 음기를 섭취하며 항상 피를 식히려고 한다.

그런데 크리슬리를 노렸다면, 한 가지밖에 떠오르는 게 없었다.

"빙룡의 저주 때문인가?"

빙룡의 저주.

구음절맥이라고도 칭해지는 강력한 굴레.

줄리엄의 눈이 더없이 커졌다.

"……알고 계셨습니까?"

"음의 마력이 워낙에 강해 모를 수가 없더군."

적당히 둘러댔다.

심안으로 너희의 모든 것을 파악했다고 하면 쉽사리 믿지 않을 것이다. 굳이 불신을 키울 필요는 없었다.

"맞습니다. 크라스라는 진마룡의 피를 이었지만, 크리슬리는 태어날 때부터 천형을 가지고 겨우 생명만 부지한 채 살아왔습니다. 그런데도 뱀파이어의 노림을 받다니 불쌍하지 않습니까?"

모르는 건가, 일부러 생략한 건가.

'후자로군.'

진마룡의 피를 제일 진하게 이은 건 크리슬리였다.

한데 일부러 그 부분을 생략했다. 숨기며 보호하고 있다는 인상을 강하게 받았다.

코웃음을 쳤다.

'뱀파이어에게 쫓긴다고 마을 전체가 어둠의 정령과 계약을 맺다니, 어림도 없는 소리. 정상적인 다크 엘프라면 뱀파이어에게 크리슬리를 넘기고 마을의 안전을 보장받았을 것이다.'

생략한 것은 괘씸하나 딱히 속인 것도 아니기에 넘어가

줬다.

걸고넘어질 수는 있지만, 그래선 진정한 충의를 얻을 수 없었다.

자신의 모든 걸 알고 있는 상대에게 충성을 맹세하는 건 무척이나 힘든 일이니까.

다른 다크 엘프라면 몰라도 크라스라와 크리슬리는 뼛속까지 내게 따르도록 만들고 싶었다.

그러려면 적당히 넘어가줄 줄도 알아야 했다.

'어차피 열쇠는 내가 쥐고 있다.'

나는 뇌신공을 떠올렸다.

유은혜는 번개의 정령으로 말미암아 수차례 번개를 맞은 뒤 임맥과 독맥이 타동됐다.

그것과 마찬가지로 뇌신공이라면 음기를 태우고 막힌 세맥을 뚫는 게 가능할지 모른다.

내 마력은 90에 달하니 번개와 맞먹는 위력을 내는 것도 불가능하진 않았다.

완숙의 경지에만 다다르면 구음절맥이라고 고치지 못하란 법은 없었다.

'시간이 문제인데……. 최대한 엘릭서로 생명을 연장시키는 수밖에.'

크리슬리는 내일 죽어도 이상하지 않으리만큼 생명력이 소진된 상태다.

하지만 뇌신공을 익히고 완숙하게 만드는 데에는 시간이 필요했다.

그 시간을 버티게 해줄 수 있는 물건이 엘릭서였다.

하나에 100,000포인트나 하는 절대적인 치료제.

경매장을 다녀온 직후인지라 지금 가진 포인트는 십만이 안 된다.

버는 족족 엘릭서를 구매하는 데 사용해야 한다는 뜻이었다.

'엘릭서를 구할 방법이 없어서 계약을 맺은 건지도 모르겠군.'

뱀파이어는 구실이고, 실질적으로 원한 것은 엘릭서일지도 모르겠단 생각이 불현듯 들었다.

그들에게 크리슬리가 매우 중요한 존재라면 어둠의 정령의 꼬임에 넘어갔을 수도 있겠다.

마을 전체가 계약을 맺은 것도 크리슬리를 보호하기 위함이고…….

물론 어디까지나 비약적인 예측에 불과했다.

잡념을 털어내고 말했다.

"내가 동정하길 바라는가?"

"아닙니다. 그저 그런 일이 있었다는 것뿐이지요."

줄리엄은 고개를 저었다.

나는 한쪽 입꼬리를 말아 올리며 말했다.

"그렇다면 그대들은 지금부터 내 던전의 일원으로 일해 줘야겠다. 무엇을 해야 하는지는 알고 있을 테지?"

"던전으로 쳐들어오는 인간을 막으면 되는 겁니까?"

기본적인 교육은 되어 있는 것 같았다.

"맞다. 당장은 아니더라도 차츰 겁 없는 인간들이 던전을 올라오기 시작하겠지. 그때를 대비해 그대들에게 주어진 장소를 방비하며 대기하라. 장소는…… 15층 정도가 적당하겠군. 드워프 몇을 붙여줄 테니 뒤의 일은 이히와 상담하면 될 것이다."

던전의 생태를 조성해 놓은 건 5층까지였지만 6층에 다크 엘프를 배치하면 균형이 무너진다.

하급 마수에게도 쩔쩔매는 각성자들이 중급 마수를 만난다면 아예 올라올 엄두를 내지 못할 게 분명했다.

그래서 15층 정도가 적당하다고 보았다.

사정을 파악한 이히가 쪼로롱 날아와 내 어깨 위에 섰다.

그리곤 허리에 양손을 얹었다.

"에헴, 너희들 잘 들었지? 내가 이히야. 내 말 잘 들어야 한다구."

"던전 코어의 요정님을 뵙습니다."

줄리엄이 몸을 낮췄다.

이히의 코가 더욱 높아졌다.

"이히, 이들을 15층에 배정해다오. 나는 따로 할 일이 있다."

"네~"

이히가 다시 쪼로롱 날아가 다크 엘프들의 선두에 섰다.

그러더니 자기 딴에는 나름대로 험상궂은 표정을 지어 보였다.

"따라와. 이히가 안내해 줄게. 하지만 제대로 못 따라오면 버리고 갈 거야!"

다크 엘프들을 안내하면서도 이히의 입은 쉬지 않았다.

"너희들, 각오하는 게 좋을 거야. 이히는 아주아주 마음씨가 못됐거든. 마구마구 부려줄 테야. 엄살 부리면 오크 밥으로 던져 줄 거구!"

"명심하겠습니다."

그러면 줄리엄이 기계적으로, 모범적으로 답했다.

좋은 자세다.

싱글벙글 미소 지은 이히가 계속해서 말했다.

"하지만 일을 잘하면 상도 줄 거야. 부려먹기만 하다가 마스터에게 혼나긴 싫은걸. 상은…… 음, 너희들이 원하는 걸로 줄게. 뭐가 가지고 싶어?"

일전에 한 번 말을 들어서일까?

이히의 마음이 조금은 넓어진 것 같았다.

줄리엄이 조심스럽게 입을 열었다.

"저…… 그럼, 엘릭서를 얻을 수 있겠습니까?"

"뭐? 엘릭서? 그거 엄청 비싼 건데!"

"하지만 던전 마스터께선 구매할 수 있으시지요."

"음, 맞아. 던전 마스터는 대단한 분이니까. 엘릭서 같은 건 매일 물마시듯이 마시셔. 엘릭서를 탕에 풀어놓고 목욕도 하시지."

눈 하나 깜짝하지 않고 거짓말을 늘어놓는 이히였다.

줄리엄이 놀란 듯 말을 더듬었다.

"여, 역시 대단하신 분이군요. 경매장에서부터 알아봤습니다. 다른 대공들조차 거들떠도 안 보는 태도기에……."

"그런데 엘릭서는 왜?"

"크리슬리의 상태를 호전시키려면 엘릭서가 필요합니다."

"저 맨 뒤의 비실비실한 다크 엘프 말이야?"

"예……. 태어나서부터 몸이 무척 약했습니다."

빙룡의 저주.

강한 음기를 지닌 채 세상에 나와 스무 해를 넘기기 전에 죽고 만다는 저주.

엘릭서가 있다면 완치는 아니더라도 상태를 호전시킬 순 있었다.

이히는 잠시 생각하다가 입술을 쭉 내밀었다.

"엘릭서는 안 돼. 이히에게 그 정도 권한은 없어. 10만 포인트를 벌려면 얼마나 힘든지 알아? 땅을 파도 포인트는 안 나온다구."

"그럼 던전 마스터께서 승인하시면 되는 겁니까?"

"이 던전의 모든 것은 마스터의 것이야. 너희들도 마찬가지지. 너희들의 머리카락 한 올까지 마스터를 위해 사용해야 해. 그러니까 마스터가 승인하신다면 엘릭서보다 더 대단한 것도 얻을 수 있지. 반대로 무리하게 요구했다가 마스터가 화를 내시면 이히는 몰라! 그러니 엘릭서 말고 다른 걸 말하는 게 어때?"

"아닙니다. 저희는 반드시 엘릭서가 필요합니다."

"그럼 이히가 조금 조언을 해줄까?"

"현명하신 고견, 귀를 세우고 경청하겠습니다."

이히는 흡족한 듯 미소 지었다.

멍청한 코볼트나 고블린, 예의를 잘 모르는 드워프보다 이 줄리엄이라는 다크 엘프는 제법 요정 보는 눈이 있었다.

"좋아. 이히의 말을 귀 씻고 잘 들어. 우선 던전 마스터는 빙빙 돌려서 말하는 걸 매우 싫어해서. 엘릭서가 필요하다면 필요한 당사자가 직접 가서 말하는 게 좋을 거야. 물론 그에 준하는 무언가를 준비해야 하는 건 당연하지. 아무것도 없이 '엘릭서를 주세요!' 하면 던전 마스터는 이때구나 하고 너희들의 엉덩이에 뭉툭하고 두꺼운 검을 꽂아버릴 거야!"

드워프들이 심심할 때 나누던 농담거리 중에 이런 게 있었다.

이히는 그를 응용하여 말했지만 다크 엘프의 입장에선 매우 충격적인 한마디였다.

"어디에 뭘 꽂는다고요?"

"이히의 말을 경청한다면서?"

"아, 아닙니다. 검을…… 그러니까 그곳에 검을 꽂는다는 말이군요."

"그래. 그리고 이히와 달리 던전 마스터는 같은 말을 반복하는 걸 엄청 귀찮아하셔. 용건만 똑 부러지게 말하는 걸 추천해."

"감사합니다. 도움이 됐습니다."

"이히히. 그러니 너희는 이히의 말을 잘 들어야 한다는 말이야. 이히의 말을 잘 들으면 없던 엘릭서도 생겨날 거야!"

"명심, 또 명심하겠습니다."

어쩜 대답 하나하나가 마음에 들지 않는 게 없었다.

이히가 들떴다.

"허험험! 원래는 아무한테도 안 해준 건데 너희가 마음에 들었으니까 특별히 15층에 정원을 하나 만들어줄게. 정성 들여서 아~ 주 크게!"

"감사합니다."

줄리엄이 읊조렸다.

하지만…… 정원이 완성되고도 감사한 마음을 유지할 수 있을지는 모르는 일이었다.

이히와 다크 엘프들이 최상층을 벗어난 이후.

나는 마법 주머니에서 '뇌신공' 스킬북을 꺼냈다.

'이번 생에선 내 첫 번째 공격 스킬인가?'

스킬 조합이나 심안은 어디까지나 보조 스킬.

하지만 뇌신공은 공격 스킬이었다.

이름 – 뇌신공(雷神功, U)

설명 : 뇌신이 되기 위한 공부가 적힌 비법서. 12성까지 연마하면
　　　번개를 자유자재로 다룰 수 있다고 전해진다.

뇌신공의 설명은 이와 같았다.

물론 12성까지 전부 익힌대도 진짜 뇌신이 될 수는 없었다.

게다가 뇌신공의 등급은 유니크.

좋다고는 하나 뛰어나게 좋다고 하기에는 애매한 등급.

하지만 여러 가지 이유로 뇌신공을 익힐 필요가 있었다.

뇌신공을 익힘으로써 크리슬리를 고치고, 유은혜의 패시브도 조절해 줄 수 있을 것이다.

그리고…… 어쩌면, 아주 특별한 업적을 손에 넣을 수 있을지도 모른다.

"습득."

[뇌신공(雷神功, U)을 익혔습니다.]

[성취가 낮으나 높은 마력의 보정으로 100만 와트(1MW)에 해당하는 전력량을 신체에 품는 데 성공했습니다.]

[상태창에 '전력량'이 추가됩니다.]

순간 떠오르는 메시지 창들.

첫 번째 공격 스킬 '뇌신공'이 추가되는 순간이었다.

'좋군.'

찌릿찌릿한 감각이 올라왔다. 뱀이 똬리를 틀고 몸을 훑는 것 같은 묘한 기분에 한 차례 심호흡을 했다.

이어, 전신에 자리 잡은 뇌신공의 힘을 불러일으켰다.

치직!

정전기가 일듯 몸 전체에 스파크가 생기며 주변을 밝히기 시작했다.

'아직.'

여기서 끝나면 유니크 등급이 운다. 이런 스파크 정도는 유은혜도 발생시킬 수 있었다.

막 배웠다곤 하나 몇 가지 더 실험해 볼 것이 남았다.

나는 눈을 감았다.

뇌신공.

이 녀석은 뱀이었다.

매우 민감하고, 느리지만 효율적으로 이동한다.

방해하지 않고 풀어놓자 육신이란 바닥에 배를 대고 몸을 쓸더니 혀를 날름거렸다.

내 몸은 녀석이 처음 디디는 장소. 경계하며 주변을 살피는 데 여념이 없었다.

한참을 서성이던 녀석이 안전하다고 판단된 통로를 골라 움직이기 시작했다.

발끝에서 머리끝으로, 마치 길을 다지듯 통로를 넓혀간다.

어느 정도 시간이 지나자 배가 고팠는지 혈류에 돌아다니는 마력을 집어삼켰다.

배가 터지도록 삼켜댄 이후 느릿느릿 배꼽 아래 보금자리에 몸을 눕혔다.

그리고 마치 배설하듯…… 녀석은 자신에게 맞도록 변화시킨 나의 마력을 보금자리 주변에 흩뿌려 댔다.

본래 가지고 있었던 무속성의 마력이 뇌(雷) 속성으로 변화한 것이다.

내가 해준 일이라곤 녀석이 자유롭게 움직이도록 길을 터준 것밖에 없었다.

그러면서도 살짝 걱정을 하긴 했다.

혈류에 돌아다니는 마력. 그것은 나락군주의 심장과도 연관이 있었다.

다행히 이 뱀과 같은 녀석은 나락군주의 심장과 마찰을 일으키지 않았다.

오히려 내 심장 주변으로론 얼씬도 하지 않았다. 마치 무서운 무언가의 존재를 인지한 듯 몸을 떨며 일부러 멀리했다.

그래도 통로는 반듯하게 잘 닦아놓았다. 앞으로 뇌신공을 발휘할 때 보다 효율적이게 이용할 수 있을 것이었다.

[뇌신단(雷神丹)을 만드는 데 성공했습니다. 뇌신을 느끼고 교감하는 2성을 건너뛰어 기운의 집약, 단을 형성하는 3성에 도달합니다.]

[400만 와트(4MW)에 해당하는 전력량을 신체에 품었습니다.]

뇌신.

번개의 신이 아니라, 이 뱀의 이름이었던가?

나는 웃고 말았다.

참으로 거창한 이름이라 아니할 수 없었다.

나는 뇌신이 잠든 장소를 관조했다.

배꼽 위에 뇌속성의 마력이 뭉쳐 있었다.

이것이 단(丹)이었다.

'전력량 400만 와트라.'

1성이 올라갈 때마다 전력량은 두 배로 늘어나는 것 같았다.

몸을 돌아다니는 뇌속성의 마력과 단 안에 잠든 기운을 합치면 처음 얻었던 것의 얼추 4배가 되었다.

단순히 길을 트고 단을 만든 게 전부임에도 이 정도다.

'피로하군.'

마력을 변환하는 일.

정신적으로도 육체적으로도 피로가 몰려오는 게 당연했다.

하지만 고개를 내저었다.

'나머지 아이템을 확인해 봐야지.'

아직 파라노말과 분노가 남았다.

이왕지사 시작한 것. 적어도 확인은 해야 하지 않겠는가.

마법 주머니에서 반지 형태의 아이템인 파라노말을 꺼냈다.

유니크 등급의 제법 쓸 만한 옵션이 붙어 있어서 운만 따른다면 일발역전도 노려볼 수 있는 아이템이었다.

이름 - 파라노말(U)

설명 : 5가지 축복 중 하나를 무작위로 내려주는 반지. 한 시간
동안 모든 능력치+2, 회복, 30분간 마력+5, 강력한 매력 부
여, 무한 정력 중 한 가지 축복을 하루 한 번 얻을 수 있다.

특히 모든 능력치+2와, 위급한 상황에서의 회복, 마력+5는 달콤한 꿀과도 같은 축복이다.

매력 부여나 무한 정력은 조금 쓸모가 없어 보이긴 하지만 다섯 개 중 세 개면 상당히 높은 확률이었다.

나는 즉시 파라노말을 왼손 검지에 꼈다.

굳이 검지에 낀 이유는 별것 없었다.

조금이라도 내가 원하는 방향의 축복이 나오길 바라는 마음에서 검지에 착용한 것이다.

검지는 방향을 지시할 때 사용하는 손가락.

이루고자 하는 뚜렷한 목표도 있으니, 파라노말을 볼 때마다 되새길 수도 있을 터였다.

굳이 그런 정신론적 이유를 들먹이지 않더라도, 반지의 크기가 딱 왼손 검지에 들어맞기도 했다.

"파라노말."

네 글자를 입에 담는다.

모든 아이템의 발동 조건은 바로 그 아이템의 이름을 입에 담는 것이다.

곧 메시지 창 하나가 떠오르며 축복이 부여됐다.

[파라노말의 다섯 가지 축복 중 하나, '무한 정력'이 적용되었습니다.]

[하루 동안 무한한 정력을 얻게 됩니다. 이 능력이라면 정력왕의 칭호를 얻는 것도 불가능하지 않을 것입니다.]

"……."

할 말을 잃었다.

자연스럽게 하복부에 피가 쏠렸다.

의도하지 않았음에도 파라노말의 축복이 그렇게 만들었다.

'허, 그런 칭호도 있었던가.'

나도 엄연한 남성이다. 성욕이 없다면 거짓일 것이다.

적당히 음심이 동하기는 했지만, 짐승처럼 미친 듯이 욕망이 일지는 않았다.

다만…… 그런 칭호가 있다는 점이 더 신경 쓰였다.

'후일을 기약해야겠군.'

칭호는 얻기 힘들다. 저급한 칭호라도 얻어두면 능력치를 올리는 데 도움을 준다.

후에 기회가 생기거든 이 역시 도전해 보리라 생각하며 나는 마지막 아이템 '분노'를 꺼냈다.

분노.

에픽 등급의 아이템.

그리고 7대 죄악 중 하나.

생긴 것조차 범상치 않았다.

먹을 칠한 것처럼 검은색으로 얼룩진 손잡이와 검신, 날카롭긴 하나 빛을 반사하지도 않았으며 시미터처럼 날의 끝이 휘어 있었다.

그렇다고 시미터도 아니고 한쪽에만 날이 서 있는 도 역시 아니다.

1m가량의 길이와 두꺼운 검신. 롱소드나 바스타소드와 같은 느낌 또한 전혀 주지 않았다.

그야말로 정체불명!

오스웬은 무슨 작정으로 이러한 생김새의 검을 만든 걸까? 나는 다시 한 번 심안을 열어 설명을 읽었다.

이름 - 분노(Epic, Set Item)

설명 : 신들조차 반해 버린 신화적인 대장장이 오스웬의 마지막 작품. 7대 죄악을 모티브로 만들었지만 강력한 사념이 깃들어 이 작품을 마지막으로 오스웬은 미쳐 버렸다고 전해진다.

"분노하라, 순수 악이여!"

옵션 : 힘+7, 7일에 한 번 에픽(Epic) 등급 스킬 '분노'를 사용 가능

생김새는 둘째 치고 능력치를 올려주는 데다 스킬까지 붙어 있었다.

두 개가 동시에 붙어 있는 경우는 매우 희귀한데, 거기다가 세트 아이템이라니…….

보고 또 봐도 믿겨지지 않는 구성이었다.

나는 스킬 '분노'를 주시했다.

그러자 분노에 대한 설명이 떠올랐다.

스킬 :

분노(Epic) - 시전자의 마력에 비례하여 힘과 민첩, 체력이 큰 폭으로 상승하며, 고통을 느끼지 않는 광전사로 돌변한다. 그러나 지능이 대폭 하락한다. 상승하거나 하락한 능력치는 일주일에 걸쳐 본래대로 돌아오지만 지능이 필요 이상으로 낮을 경우 파괴 욕구에 붙잡힐 수 있으니 주의할 것.

한마디로 육체적인 능력을 비약시킨다는 뜻이었다.

걸리는 게 있다면 지능이 대폭 하락한다는 점.

일주일에 걸쳐 회복이 된다고는 해도 무슨 현상이 일어날지 알 수 없었다.

무엇보다 경매장에서의 페널티로 인해 지능이 10이나 깎여 나간 상태이지 않은가.

'내가 사용해야 발동되는 스킬에 불과하다.'

그러나 개의치 않는다.

지능이 낮다고 스스로가 가진 정신력 또한 낮아지는 게 아니었다.

주는 나였고, 지능은 어디까지나 보조적인 역할이다.

파괴 욕구에 붙잡힌 대도 스스로의 의지가 있다면 반드시 빠져나올 수 있었다.

게다가 영구적인 상태 이상이란 존재하지 않는다.

단시간의 상태 이상이 돌이킬 수 없는 결과를 만들어낼 수도 있다지만 이곳은 내 던전이었다.

이곳에서 누군가가 나의 목숨을 노린다? 현재로선 있을 수 없는 일이었다.

"분노."

마음을 다진 후 두 글자를 입에 담았다.

동시에…….

[높은 마력 보정으로 힘과 민첩, 체력이 8씩 상승합니다.]

[지능이 20 하락합니다.]

[상태 이상 '분노'에 걸렸습니다. 방어율 15%. 지능이 매우 낮아 방어하는 데 실패했습니다.]

기억이 끊겼다.

Dungeon Hunter

나는 눈을 떴다.

순간 두통이 몰려오고 눈알이 빠질 듯이 아팠다.

이를 얼마나 악물었는지 턱이 너덜너덜한 느낌이었다.

그것도 모자라 목까지 아픈 걸 보아 소리도 제법 지른 것 같았다.

"음."

침음을 흘릴 수밖에 없었다.

내가 머물던 최상층의 곳곳이 파괴되어 있었다.

이히가 두려움에 몸을 떨며 나를 바라보고 있었다.

"며칠이나 지났지?"

"이, 이히가 잘못했어요, 마스터. 앞으로는 잠도 줄이구요, 말도 많이 하지 않을 거구요, 마스터를 귀찮게 하지도 않을 거예요. 그, 그러니까 용서해 주세요. 이히를 해치지 마세요."

이히가 넙죽 엎드리며 눈물 콧물을 흘렸다.

나는 표정을 굳혔다.

'젠장. 상태 이상의 효과가 상상 이상이군. 아예 의식을 날려 버릴 줄이야…….'

몸이 의지대로 움직이지 않았다. 불쾌하기 짝이 없다.

파괴 욕구가 인다거나 하지는 않았으나 입안이 썼다.

도대체 무슨 일이 있었기에 그 명랑하고 밝았던 이히가 겁에 질린단 말인가.

"이히, 너를 해치지 않을 것이다."

이히가 슬쩍 고개를 들었다.

"정말요……? 정말 이히를 안 해칠 거예요?"

"스킬을 시험하던 도중에 잠시 상태 이상에 걸렸다. 주변 경관을 이렇게 만든 건 내 의지가 아니다."

그나마 다행히 던전 코어는 건드리지 않았다.

본능적으로 행동을 억제한 게 틀림없었다.

'분노 스킬을 사용해 의식이 날아가도 본능적으로 지켜야 하는 것은 구분하는 모양이군.'

나는 한숨을 내쉬며 마법 주머니에서 영원의 꽃을 꺼냈다.

"받아라. 위로는 되지 않겠지만 경매장에서 구입해 온 꽃이다. 물을 주지 않아도 시들지 않는 꽃이니 아름답게 길러 다오."

"히잉……."

이히가 조심스럽게 날아와 내 손에 들린 영원의 꽃을 끌어안고 훌쩍였다.

영체지만 던전 코어의 요정이다. 이쯤의 물리력은 행사할 수 있었다.

그 모습을 확인한 뒤 말했다.

"혹시 내가 이 상황에 빠지고 며칠이 지났는지 아느냐?"

"일곱 날이 지났어요. 그리고 이히는 무서워서 던전 코어 밑으로 도망가 있었어요. 마스터가 이히를 다치게 했으면 이히는 정말 슬펐을 거예요."

"앞으로 이런 일이 없도록 하마."

"네, 마스터."

이히가 콧물과 눈물을 닦으면서 답했다.

나는 혀를 찼다.

분노를 너무 얕봤다.

상태 이상에 걸려도 무슨 일이 일어나겠느냐는 안이한 마음도 없진 않았다.

'조금 더 신중하게.'

아예 의식이 날아가리라곤 예상하지 못했던 바.

앞으로는 더 신중하게 움직일 필요가 있을 것 같았다.

그간 워낙 막힘없이 달려왔기에 이번에도 서두른 감이 있었다.

이번 일을 타산지석 삼는다면 이런 실수를 반복할 일은 없을 것이었다.

'역시 지능이 낮은 게 걸리는군.'

아무리 보조적인 역할이라도 너무 낮았나 보다.

나는 이마를 짚으며 상태창을 띄웠다.

이름 : 랜달프 브뤼시엘

직업 : 마계 백작(던전 마스터)

칭호 :

  *불굴의 전사(Ex U, 모든 능력치+2)

  *최초로 요정의 축복은 받은 자(U, 마력+6)

능력치 :

  힘 79(+9)

  지능 64(+2)

  민첩 74(+2)

  체력 80(+2)

마력 82(+8)

잠재력 (379+23/500)

전력량 : 4㎿

특이사항 : 나락군주의 심장을 이식했습니다. (온전한 힘을 개방하지 못

한 상태입니다.)

스킬 : 스킬 조합(R), 심안(Ex U), 뇌신공(U), 분노(Epic)

일주일이 지나 모든 능력치가 회복되어 있었다.

페널티로 떨어졌던 능력치 역시 회복되었다.

분노의 옵션으로 인해 힘도 7이 상승했으며, 스킬도 생성

되었다.

상태창 자체에는 문제가 없었다.

'위급한 상황이 아니라면 사용을 자제해야겠어.'

진짜 문제는 스킬을 발동할 당시의 상황이다.

힘과 체력, 민첩이 올랐지만 대신 지능이 떨어졌다.

누군가가 상태 이상 스킬을 사용한 게 아니라 내가 발동시

킨 것이기에 심안으로 간파할 수조차 없었다.

덕분에 미친 전사가 되어 닥치는 대로 주변을 무너뜨렸다.

물론 그만한 페널티를 가지고도 사용할 만큼 분노 스킬은

대단히 매혹적이었다.

일단 스킬로 능력치가 오르는 경우는 매우 희귀했다.

거기에 육체적 능력치가 8씩 오르는 데다, 아이템 자체에

서 힘을 7 올려준다.

오직 힘만 따져 봤을 때 15가 상승하는 것이다.

그것만으로도 트윈 헤드 오우거급의 피괴력을 선사할 수 있었다.

육탄전에 있어선 절대적인 영역에 발을 들일 수 있다는 뜻이다.

그래도 지능을 올려 상태 이상을 피할 수 없는 이상, 특수한 상황이 아니라면 사용을 자제를 해야 할 것 같았다.

"아, 그리고요, 마스터. 다크 엘프 크라스라가 며칠 전부터 마스터를 뵙고 싶어 해요. 불러오면 죽을 거 같아서 이히가 만류했는데도 계속 요청하는데 어떻게 할까요?"

갑자기 생각났다 듯 영원의 꽃을 품에 안은 이히가 말을 걸었다.

나는 고개를 끄덕였다.

"불러 오너라. 지금은 괜찮으니."

"예, 그런데요, 마스터. 매우 피곤해 보이세요. 이히가 사실 양봉을 조금 했거든요? 맛있는 꿀을 얻을 수 있어요. 꿀물을 마시면 피곤함이 싹 날아갈 것이에요."

피식한다.

방금 전까지 그렇게나 겁에 질려 있었던 주제에 금세 태도가 바뀌었다.

내가 제정신을 되찾은 게 더욱 기쁜 모양새다.

이래서 던전 코어의 요정은 미워하려야 미워하기가 힘들다.

전생에선 워낙 독선적인 노선을 탔는지라 아예 무시했지만······.

"타 오너라."

"예! 마스터, 잠깐만 기다리세요. 이히가 맛있게 섞어드릴게요. 크라스라는 그다음에 부르구요."

"그래."

이내 신이 난 듯 이히가 꿀을 채취하러 갔다.

영원의 꽃은 여전히 꽉 붙들고 있었다.

그 뒷모습을 잠시 바라보다가 나는 크라스라를 떠올렸다.

'애가 많이 탔겠군.'

조만간 크라스라가 찾아오리라는 건 예상하고 있었다.

본의는 아니었지만 내가 일주일이나 만나주지 않았으니 어지간히 애가 탔을 것이다.

'엘릭서를 대가로 너는 무엇을 내놓을 것이냐.'

흥미가 동했다.

아무리 크라스라와 크리슬리가 다시없을 유망주라곤 하나, 세상에 공짜는 없었다.

"룰루~"

비밀의 화원.

녹음이 짙은 풀과 나무, 꽃들이 아우러져 있었다.

던전의 다른 곳과 전혀 다른 분위기를 풍기는 이곳은 이히가 가장 애지중지하는 장소였다.

던전 마스터 몰래 포인트를 조금씩 빼돌리는 만행을 저질러가며 어렵사리 완성한 곳이다.

던전의 지형이나 구조를 바꾸는 일은 제법 많은 포인트가 들어서 여기를 꾸미는 데에만 1년을 전부 사용했다.

화원의 구석. 양봉장에 도착한 이히가 룰루랄라 콧노래를 불렀다.

"마, 마, 마스터는~ 커다란 무기가 두 개~"

파라노말의 축복 '무한 정력'에 의해 불뚝 솟았던 분신.

두 개의 무기란 손에 들고 휘두르던 무기와 하반신에서 휘둘러지던 무기를 가리키는 말이었다.

이히는 요상한 노래와 함께 부지런히 일을 하는 꿀벌에게 눈인사를 건넨다.

안녕? 맛있는 꿀들아?

이에 반응하듯 꿀벌들이 몸을 바짝 움츠렸다.

던전 마스터가 제정신을 찾은 게 기뻐서 그만 양봉을 한다는 사실을 알리고 말았지만, 지금의 이히에게 그런 건 아무래도 상관없었다.

오늘만 살아가는 대표적인 존재가 바로 이히였기에!

"랄라!"

콧노래는 아직 끝나지 않았다.

이히의 시선이 향하는 곳.

그곳엔 가운데가 휑히 뚫려 있는 피나무가 있었다.

구멍 안에는 꿀벌이 열심히 만든 목청이 가지런히 놓여 있었다.

이히는 그중 가장 튼실해 보이는 목청을 하나 꺼냈다.

목청이 질긴 꿀을 뚝뚝 흘리며 이히의 뒤를 따라 날아왔고, 그제야 이히는 몸을 돌렸다.

"마스터는 무기가 두 개!"

던전 마스터가 상태 이상에 걸린 직후 휘두르던 두 개의 늠름한 무기를 떠올리며, 이히가 볼에 홍조를 띠웠다.

나는 미간을 좁힌 채 눈앞에 자리한 크라스라를 바라봤다.

"터무니없군."

그리고 맹렬하게 비웃으며 혀를 찼다.

최상층에 찾아온 크라스라는 예상처럼 나를 본 즉시 '엘릭서를 한 병만 주십시오' 하고 간청해 온 것이다.

직구도 이런 직구가 없었다.

하지만 크라스라의 표정은 한없이 진지했다.

"무리한 요구라는 건 알고 있습니다. 하지만 엘릭서를 하사해 주신다면 이 크라스라. 온몸을 바쳐 던전 마스터를 보필하겠나이다."

크라스라가 한쪽 무릎을 꿇었다.

확실히 크라스라의 성장력은 눈여겨볼 수준이다.

당장 12공작 중 한 명과 맞붙어도 크게 밀리지 않을 것이다.

그런데 그뿐이라는 게 문제다.

진정 저 머리는 장식이란 말인가? 내가 구입한 이상 크라스라의 머리카락 한 올까지 오로지 나를 위해 사용해야 마땅하다.

그 당연한 것과 엘릭서를 교환하자니?

이런 터무니없는 유머는 들어본 적도 없었다.

"너 따위가? 나를 보필한다고? 하하!"

당연히 말이 곱게 나갈 리 만무.

나는 조금 기대하고 있었다.

전생에서 가장 강한 100마리의 마수 중 하나였던 자.

그만한 역량을 보여줄 것이라고 믿어 의심치 않았건만.

고작 충정 따위에 내가 움직이리라고 생각했다면 큰 오산이다.

크라스라는 자신의 가치가 얕보였다 여겼는지 열변을 토했다.

"제 무력은 데스 나이트나 다크 워리어와도 필적합니다.

오우거 둘을 동시에 상대해 승리를 거머쥔 적도 있으며 진족 뱀파이어의 목을 잘라낸 이력 또한 있습니다. 잘만 사용한다면 충분히 던전 마스터의 검이 될 것입니다."

구구절절한 스펙 나열이다.

나는 여전히 비웃음을 감추지 않은 채 물었다.

"검이라. 그럼 검에게 묻겠다. 너는 줄리엄을 포함한 너희 마을의 다크 엘프를 모조리 도륙할 수 있겠느냐?"

"그게 무슨……?"

크라스라의 눈이 커졌다.

이미 저런 자세를 취한 것부터가 검의 자격을 상실한 것이다.

검은 휘두르면 그대로 행해야 하는 물건.

의구심을 갖지 않아야 정상이다.

나는 비웃음을 지우고 표정을 차갑게 굳혔다.

"그는 감히 내게 거짓을 고했다. 뱀파이어의 희생양이 된 크리슬리가 불쌍하여 어둠의 정령과 계약을 맺었다고 했지. 정말 말도 안 되는 궤변이다. 내가 그따위 말을 믿을 줄 알았는가?"

"오해이십니다! 그것은 결코 거짓이……."

"아니다?"

"그렇습니다. 저희 마을은 서로 의지하며 오랜 세월을 버텨왔습니다. 특히 크리슬리는 태어날 때부터 몸이 약해……."

"하!"

내가 크게 코웃음을 치자 크라스라가 몸을 떨었다.

나는 모든 마력을 개방하여 크라스라를 압박했다.

좋게 말해서 알려줄 생각이 없다면 태도를 바꾸면 그만
이다.

'벌주를 마시겠다는 거로군.'

대화로만 풀기가 싫다는데 어쩌겠는가.

나는 분명히 기회를 줬고, 이를 마다한 건 크라스라였다.

제대로 된 교육이 필요할 듯싶었다.

하여 다소 격양되게 말했다.

"크라스라, 너는 마지막 기회를 내버렸다. 내가 베푸는 아
량에 침을 뱉고 바닥에 내동댕이쳤어. 마지막 순간에라도 진
실을 고했다면 나는 충분히 너의 충정을 믿고 재고했을 터."

내 눈에는 분노가 가득 찼고 내 목소리엔 살의가 가득
했다.

누가 보더라도 연기가 아니라 진짜 화가 난 모습처럼 보일
것이다.

크리슬리를 지키는 이유!

나는 그 하나만을 원했다.

진마룡의 피를 이은 것과 관련하여 무언가 배경이 있으리
라 여겼다.

안 그러면 그들이 오로지 크리슬리를 위해 헌신하는 게 이해가 되지 않았다.

들어봤자 아무런 득도 없는 이야기일 가능성도 있지만, 마룡 중의 마룡인 진마룡과 관계된 것이라면 반대로 커다란 득이 될 수도 있었다.

하지만 크라스라는 내 기대를 배반하였다.

노예가 주인에게 중대한 사실을 감추는 건 말도 안 되는 일.

아무리 잠재력이 높은들 그런 노예는 필요가 없었다.

교육, 그리고 벌이 필요한 시점이었다.

노예 각인이 새겨져 나의 말 한마디면 죽음에 달하는 고통조차도 느끼게 할 수 있지만 그건 너무나 싱겁다.

"무기를 들어라, 크라스라. 네가 여기서 나를 막는다면 이 일을 덮어주마. 하지만 그러지 못할 경우 너희 다크 엘프들은 모조리 몰살당할 각오를 해야 할 것이다."

이윽고 분노가 내 손에 쥐어졌다.

마창술사란 직업답게 크라스라가 붉은색의 기다란 창을 들었다.

칭호의 옵션을 더해 362에 달하는 능력치 총합의 소유자.

하지만 분노를 든 내 능력치 총합은 400을 넘어갔다. 40 차이는 결코 허투루 볼 수 없다.

단순히 육체적 능력치만 따져 봐도 내가 우월했다. 거기에 나는 방대한 전투 지식을 몸에 익히고 있었다.

크라스라가 아무리 노련해도 내 상대는 되지 않는다.

크라스라 역시 은연중 그 사실을 인지하고 있을 것이다.

단지 대치한 것만으로도 송골송골 흐르는 땀과 쉼 없이 삼키는 침. 긴장감이 역력한 눈동자가 그 사실을 알려주고 있었다.

'감은 좋다만······.'

실력은 어떨까?

잠재력 이상의 무언가를 보여줄 수 있을까?

나는 검을 쥐고 그대로 내달렸다.

강자가 약자에게 한 수 접어준다거나 그런 사치를 나는 배운 적이 없었다.

언제나 최선을 다해 적이라 규정한 이를 박살 낼 뿐이었다.

차앙-!

크라스라가 가까스로 창을 올려 검을 막아섰다.

강렬한 파열음과 함께 크라스라의 몸이 살짝 갸우뚱거렸다.

고작 한 차례의 격돌.

크라스라는 적어도 힘에 있어서 나를 상대할 수 없다고 판단, 보다 빠르게 가속하기 시작했다.

스킬 '마창질주'다.

회오리같이 창대를 돌리며 나를 압박하려 들었다.

마치 여러 개의 창이 동시에 다가오는 느낌.

현란한 움직임 속에 숨겨진 진짜를 찾지 못하는 한 확실히 곤란할 수도 있겠다.

그러나 아직 부족하다.

마창질주 스킬의 등급은 레어.

압도적인 능력치의 격차를 좁힐 수 있을 만한 스킬은 아니었다.

챠앙!

툭!

붉은 창이 바닥을 나뒹굴었다.

진의를 파악하고 창을 쳐 내는 것 자체는 내게 있어서 간단한 일이었다.

크라스라가 망연자실한 표정으로 나를 바라봤다.

단박에 자신의 스킬이 파악당하리라곤 상상조차 못했겠지. 나만한 강자를 만나본 적이 없다는 방증이다.

"이게 끝이냐? 고작 이 정도로 내 검을 자처했는가!"

내가 타박하자 크라스라가 정신을 차렸다.

주먹을 어스러지도록 강하게 쥔 크라스라의 눈이 점점 붉어지기 시작했다.

마치 파충류의 눈과 같이 반개한 눈동자가 나를 바라봤다.

얼굴 표면으로 까슬까슬한 검은색 비늘이 올라왔고, 이빨과 손톱이 더욱 뾰족하고 더욱 단단하게 변화하기 시작했다.

용의 폭주!

크라스라가 가진 유니크 등급의 스킬이다.

"크르……."

짐승과 비슷한 소리를 내며 크라스라가 내게 적의를 던졌다.

나는 그 상태가 심히 궁금하여 심안을 열었다.

이름 : 크라스라

직업 : 마창술사

칭호 :

　*용의 피를 지닌 자(R, 힘+4)

능력치 :

　힘 74(+4)

　지능 59

　민첩 65

　체력 83

　마력 77

　잠재력 (358+4/437)

특이사항 : 노예 각인이 새겨져 있습니다. 스킬 '용의 폭주'가
　　　　　발동된 상태입니다. 기존에 배웠던 모든 스킬이 없어
　　　　　지고 대신 특수 스킬이 활성화됩니다. 활성화된 스킬

은·용의 폭주가 끝나면 다시 원래대로 돌아옵니다.

스킬 : 용의 숨결(U), 단단한 비늘(R), 날카로운 공격(R), 위험 감지
(Ex R)

능력치는 변한 게 없었다.

대신 스킬이 달라졌다.

기존에 있었던 용의 폭주(U)와 마창질주(R)가 사라지고 다른 네 가지 스킬이 그 자리를 차지했다.

'특이한 스킬이군.'

전생에서 크라스라가 싸웠던 모습을 나는 거의 본 적이 없었다. 소문만 무성히 들었다.

용의 폭주가 이런 스킬이란 것도 이번에 처음 알았다.

기존에 배웠던 스킬을 대신하여 특수 스킬을 발동시킨다라.

딱히 스킬을 배우지 않았을 땐 엄청나게 좋은 수가 되겠지만, 기존에 좋은 스킬들을 익히고 있다면 사용 안 하느니만 못한 무용지물이 될 수도 있을 듯했다.

좋다고 하기에도, 나쁘다고 하기에도 애매한 스킬이 용의 폭주였다.

'용의 숨결만 조심하면 되겠지. 나머지는 오로지 육탄전이 되겠어.'

육탄전.

제일 자신 있는 분야다.

피식 웃으며 분노를 겨눴다.

그 순간 크라스라가 움직였다.

정확히 내 좌측을 파고들기에 한 발자국 물러나 분노를 휘둘렀다.

크라스라는 전진하는 중이었고, 엄청난 반응 속도로 휘두른 검이건만 그것을 피해냈다.

휘두르기 전에 감지한 듯한 움직임이었다.

'위험 감지 스킬.'

몇 번 더 검격을 나누자 확실해졌다.

위험 감지 스킬이 항시 발동하고 있는 것이다.

하지만 그 역시 만능은 아니다.

굳이 그런 스킬이 없더라도 나는 크라스라의 움직임을 모두 읽을 수 있었다.

하지만 크라스라는 그저 감에 의지해 내 움직임을 읽는 데 그쳤다.

이 차이는 매우 크다.

무한히 찔러오는 검.

한 번의 빗나감이 돌이킬 수 없는 상처를 가져다준다는 뜻!

푸욱!

"끄윽!"

가슴을 깊숙이 파고든 분노.

울컥하는 피와 함께 크라스라가 단말마를 질렀다.

"아직……."

하지만 크라스라의 두 눈에 투지는 여전했다.

크라스라는 내 검을 부여잡더니 숨을 크게 들이마셨다.

후우움.

무언가가 고동치는 소리와 함께 상당한 마력이 감지되었다.

나는 곧 결집되는 마력의 정체를 깨달을 수 있었다.

용의 숨결!

모든 마력을 쥐어짜 내는 그 스킬이 곧 크라스라의 입을 타고 흘러나오려는 찰나.

지지직-!

검을 타고 흘러간 뇌신공이 마력의 결집을 방해했다.

용의 숨결은 불의 속성을 가지고 있었고, 내가 검을 통해 흘려보낸 마력은 뇌 속성이다.

다른 두 개의 마력이 몸의 내부에서 충돌을 일으켰다.

"커어어억!"

스킬이 캔슬되고, 응집되지 못한 마력이 미쳐 날뛴다.

그 여파는 크라스라에게 모두 전가되었다.

모든 구멍이란 구멍에선 연기가 치솟아 올랐으며 눈이 뒤집혔다.

꿀렁이며 흘러나오는 피의 양도 상당했다.

그나마 즉사하지 않은 것은 용의 피 때문이다.

나는 분노를 빼낸 뒤 묻은 피를 털어냈다.

이후 잔인할 정도로 냉정하게 말했다.

"내가 이겼군."

50명의 다크 엘프가 내 부름을 받고 최상층으로 올라왔다.

그들은 올라온 즉시 믿기지 않는다는 듯 입을 크게 벌린 채 넝마가 된 크라스라를 바라보았다.

크라스라는 일족 최고의 전사!

믿기지가 않았다.

정신을 잃은 크라스라가 바닥에 아무렇게나 널려 있었다.

겨우 목숨은 부지한 상태지만 걸레짝이 될 정도로 큰 피해를 입었다는 것만은 분명했다.

그리고 그런 크라스라의 몸뚱이 위에, 반쪽짜리 해골 가면을 착용한 내가 걸터앉아 있었다.

"늦었구나."

"위대하신 던전 마스터를 뵙습니다."

심상치 않은 분위기를 파악한 줄리엄이 한쪽 무릎을 꿇었다.

이어 나머지 엘프들도 같은 자세를 취했다.

"한 명이 없는 것 같은데?"

내가 묻자 줄리엄이 빠르게 답했다.

"크리슬리는 상태가 너무 악화되어 이곳까지 올 수 없습니다. 부디 양해해 주시길."

"나는 분명 모든 다크 엘프가 최상층에 오르라 명했다. 내 말이 말 같지 않나?"

줄리엄의 눈에 당혹스러움이 생겼다.

"그, 그럴 리가요. 던전 마스터께서는 저희의 하늘같은 주인님이십니다."

"끝까지 나를 기만하겠다는 건가. 들어라."

자리에서 일어나 다크 엘프들을 내려다보았다.

"너희들은 그 알량한 세 치 혀만을 믿고 나를 재려고 들었다. 몇 번이나 말할 기회를 주었음에도 숨기기에 급급했지. 그것도 모자라 크라스라는 나와의 싸움에서마저 실망스럽기 그지없는 모습을 계속해서 보였다. 한데, 이제는 내 명령마저 불복했다. 내가 너희들을 어찌 대해야겠는가! 너희들은 노예라 칭할 자격조차 없다."

꿀꺽!

다크 엘프들은 너 나 할 것 없이 침을 삼켰다.

마력을 개방하자 가면의 효과가 발동되어 그들에게 공포를 심은 것이다.

어깨를 짓누르는 강력한 마력에 그들은 변명조차 하지 못했다.

입을 열면 그 순간 목이 잘려 버릴 것만 같았다.

바닥이 보이도록 고개를 숙인 채 몸만 덜덜 떨어댈 뿐이었다.

모두 의도한 바다.

해골 가면을 쓴 것도 이러한 상황을 만들기 위함이었다.

나는 다크 엘프들을 오연히 내려다보며, 선언했다.

"그 죄, 목숨으로 갚으라."

"잠시만, 잠시만 기다려 주십시오, 던전 마스터시여!"

선언이 끝난 직후.

줄리엄이 급히 고개를 들더니 무릎을 바닥에 끌면서 다가왔다.

지극히 노예다운 자세다. 하지만 내 표정은 굳은 채 풀리지 않았다.

"누가 너에게 발언을 허락했지?"

"모두 말씀드리겠습니다. 그러니 부디 현명하게 판단하시어 저희를 굽어 살피소서!"

쿵! 쿵!

줄리엄은 이마가 부서지도록 바닥에 머리를 찧었다.

피가 줄줄 흘러 얼굴이 흥건하게 젖었음에도 아랑곳하지 않았다.

어떻게든 살아보려는 처절한 몸부림이다.

내 말이 결코 거짓이 아님을 알아본 것이다.

그리고 실제로 거짓이 아니었다.

크라스라와 크리슬리를 죽이는 일은 없겠지만 아주 모진 꼴을 당할 테고, 나머지 다크 엘프들의 생사는 내게 있어서 전혀 아쉽지 않았다.

줄리엄을 바라보는 다른 다크 엘프들의 눈에 안타까움이 스쳐 지나가던 그때.

죽은 듯이 기절해 있던 크라스라가 줄리엄을 향해 손을 뻗었다.

"안 돼……."

퍼억!

나는 사정을 봐주지 않고 크라스라의 배를 걷어찼다.

붕 뜬 크라스라의 신체가 몇 미터나 날아가서 볼품없이 땅 위를 굴렀다.

단말마저 내지르지 못하고 크라스라는 다시 기절했다.

동시에 짧지만 긴 정적이 찾아왔다.

다크 엘프에게 있어선 1초가 1분처럼, 혹은 그 이상으로 느껴져도 이상하지 않을 시간.

"그 이야기라는 게 매우 중해야 할 것이다. 별 볼 일 없거나, 내게 도움이 되지 않는다면 크라스라와 크리슬리를 비롯한 너희 모두 무사하진 못할 터이니."

나는 아무런 감정도 내비치지 않고 냉엄하게 말했다.

내가 이 정도로 자비를 보이는 건 정말 흔치 않다.

회귀하며 도량이 넓어진 것도 있지만, 그만큼 진마룡과 관계가 있을 크리슬리의 이야기가 궁금해서였다.

진마룡 아오진은 전설적인 존재.

마왕을 잡아먹었다 전해지는 용이다.

그게 사실인지는 몰라도, 마왕과 비슷한 격의 소유자임은 분명했다.

줄리엄은 내 눈치를 보다가 겨우 입을 열었다.

"그, 그 전에 한 가지만 묻게 해주십시오. 부탁드리겠습니다."

"허한다. 짧게 말하라."

"제 이야기는 던전 마스터께 분명 커다란 도움이 될 것입니다. 그러니 크리슬리를 영원의 반려로 맞아주실 수 있으신지요?"

영원의 반려.

나도 들어본 바가 있었다.

일반적인 혼례와 의미는 비슷하지만 다크 엘프들 중에서도 특별한 존재만이 행하는 의식이었다.

이 의식은 보름달이 뜨는 날 달빛이 비추는 밀폐된 장소에 남녀가 알몸으로 들어감으로써 시작되는데, 다음 보름달이 뜰 때까지 오로지 물만 섭취하며 하루에 한 줄씩 서로의 신체에 피로 인을 새긴다.

의식을 행하는 동안은 결코 몸을 섞어선 안 되며, 신체가 완전하게 정화되고 한 점의 노폐물이 없을 때, 그다음 보름 달이 뜨는 날이 되어야 비로소 결합하여 결실을 맺을 수 있 었다.

생명력이 강한 다크 엘프라서 가능한 의식이지만 한 달을 굶는 것 정도는 내게도 그다지 어려운 일이 아니었다.

문제는 내가 왜 크리슬리와 그 의식을 행해야 하냐는 점.

아무런 이유 없이 그런 귀찮은 짓을 해줄 리가 없었다.

"너희들은 자신의 입장을 모르는 모양이군."

내가 싸늘하게 말하자 줄리엄은 급히 도리질을 쳤다. 닦지 못한 피가 사방에 튀었다.

"그, 그렇지 않습니다! 다만…… 이 의식을 통해서 던전 마스터께 큰 도움을 드릴 수 있다고 생각했기 때문입니다."

"의식이 내게 도움이 된다?"

"맞습니다. 그리고 그것을 설명하기 전에, 크리슬리의 혈 통이 어디서 비롯되었나를 먼저 말할 필요가 있습니다."

"말하라."

"크리슬리는 태양왕 아오진 님과 달의 여왕 쉴라 님의 자 식입니다. 진마룡과 다크 엘프 하이어의 피를 가장 진하게 물려받은 진정한 화신이지요."

진마룡 아오진의 피를 이었다는 건 칭호를 통해 알고 있 었다.

하지만 다크 엘프 하이어라.

다크 엘프이되 다크 엘프의 규격을 벗어난 자.

최상급 마수 중에서도 상위에 랭크된 그 이름이 여기서 튀어나올 줄은 상상도 못했다.

"그럼 크라스라는 뭐지? 같은 피를 이어받은 게 아닌가?"

"엄밀히 따지자면 아닙니다. 아오진 님의 피를 주입받긴 하였으나, 그게 전부입니다. 크리슬리를 지키는 호위 같은 존재입니다. 정작 크리슬리는 모르고 있지만……."

나는 작게 고개를 끄덕였다.

하긴, 칭호부터가 어색한 감이 있었다.

크라스라의 칭호는 '용의 피를 지닌 자'.

아오진의 혈통을 완전히 이었다고 하기에는 등급도 매우 낮았다.

단순히 피를 주입받은 거라면 이해가 됐다.

이제야 앞뒤가 맞는 사실을 털어놓을 셈인 듯싶었다.

줄리엄이 이어서 말했다.

"하지만 그 둘의 피는 성향이 너무나도 달랐습니다. 게다가 균형도 맞지 않았습니다. 태양왕의 혈성이 조금 더 우세하여 여왕의 피는 발현조차 하지 못하고 저주로 남아버렸지요."

과연 진마롱. 다크 엘프 하이어의 피가 가진 특성을 발현조차 하지 못하게 만들 정도로 엄청난 격을 가진 존재였다.

저주라는 것도 익히 짐작이 되어 말했다.

"그게 빙룡의 저주인가."

"맞습니다. 엘릭서가 체질을 개선시켜 줄 유일한 희망이
었습니다. 하지만 엘릭서는 신의 음료! 감히 저희가 구할 수
없는 물건이었습니다. 아오진 님이나 쉴라 님이 계셨다면 모
르겠지만 두 분은 크리슬리를 낳은 뒤 수명이 다해 돌아가셨
으므로 방법이 없었습니다."

확실히 진마룡이라면 진즉 수명이 다해 죽었어야 할 나이
였다. 여태까지 살아 있었다는 게 오히려 놀라웠다.

"그래서 어둠의 정령에게 몸을 의탁한 것이냐?"

"남은 방법은 그뿐이었으므로…… . 저희의 힘이 부족한
탓입니다. 저희만을 담보로 엘릭서를 구해보려 했지만 어둠
의 정령들은 호락호락한 존재가 아니더군요. 대신 엘릭서를
구할 수 있는 방법을 알려줬습니다. 던전 마스터는 포인트라
는 걸 이용하여 엘릭서를 원하는 만큼 구할 수 있다고…… ."

"무모하군."

터무니없는 도박이다.

거기다가 엘릭서는 단순히 체력을 조금 회복시켜 주는 정
도이지 근본적인 해결책이 되지는 않는다.

그 사실을 모르는 것이겠지만, 엘릭서 하나만 믿고 계약을
하였으니 무모하다 할 만했다.

내가 어리석다는 듯 바라보자 줄리엄은 이를 악물었다.

"그만큼 절박했습니다. 아무것도 할 수 없다는 무력감! 이

대로 다크 엘프의 화신이 될 아이를 떠나보낼 수는 없었습니다. 어차피 크리슬리의 수명은 몇 달이 채 남지 않았습니다. 일족의 염원을 건 마지막 도박이었던 셈입니다. 그러니……던전 마스터시여! 부디 불쌍히 여기시어 크리슬리를 거둬주시옵소서. 다크 엘프는 의식을 함께한 이에게 헌신하는 종족이니, 크리슬리는 던전 마스터의 행보에 크나큰 도움을 줄 것입니다. 저희의 목숨은 어찌 되어도 상관없으나 그 아이만은 부디, 부디!"

쿵!

줄리엄이 바닥에 머리를 강하게 찧었다.

'의식이라……'

요지는 유능한 아이니 의식으로 확실하게 거둬달라는 것이다.

크리슬리와 나를 묶어 내가 섣불리 손을 대지 못하게 함과 동시에, 엘릭서로 개선이 안 되는 만약의 상황을 대비하려는 작정이겠지만, 저 말이 사실이라면 나쁘지 않았다.

줄리엄의 말마따나 다크 엘프는 의식을 함께한 반려를 위해선 웃으며 죽을 수 있다고 전해지는 종족이니까.

나는 잠시 생각에 잠겼다.

크리슬리에게 그만한 내력이 존재하다니. 이건 생각한 것보다 훨씬 큰 대어다.

'기운의 불균형만 해소시켜 줄 수 있다면 진마룡과 다크

엘프 하이어의 특성을 동시에 발현할 수 있다는 건가. 흥미롭군.'

단순히 음의 마력을 태우고 혈맥을 뚫는 것만 생각했다.

하지만 그것만으로는 부족할 듯하다.

'음의 마력을 태우면 진마룡의 피가 날뛸 것이다. 반대로 진마룡이 가진 양의 마력을 태우면, 정확히 균형을 맞춰주지 않는 이상 크리슬리의 몸 안은 격전지가 되어버릴 테지. 불가능한 일이다. 조화…… 그래. 조화가 필요하다. 이걸 태극이라 하였던가?'

우주만물의 근원이 되는 실체.

음과 양을 분리하지 않고 섞어버린다면 더는 문제가 발생하진 않을 것이었다.

이론뿐이지만, 가능할 것도 같았다.

'뇌신공을 잘만 활용하면 마력의 조화를 꾀함과 동시에, 조화되며 흘러나오는 진마룡과 다크 엘프 하이어의 마력을 내 쪽으로 끌고 오는 것도 불가능하진 않을 듯한데. 이건 연구가 필요하겠군.'

내 몸 안에 자리 잡은 뇌신.

불현듯 든 생각이다.

이 뱀은 무속성의 마력을 뇌속성으로 바꿔냈다.

다른 두 가지 속성의 마력을 집어삼키고 중화시키는 것도 가능할지 모른다.

그리고 중화되며 빠져나가는 마력을 내가 먹어버릴 수도 있지 않을까?

뇌신을 어찌 활용하느냐에 따라 결과가 갈릴 듯했다.

물론 성공한다 하더라도 크리슬리가 품은 마력의 10% 내외에 불과하겠지만, 상당한 도움이 될 건 분명하다.

'시기상조. 시간이 필요하다.'

하나 아직 성취가 일천하여 그 수준에 이르지 못했다.

어쨌거나 이 이야기는 내게 큰 도움이 될 가능성이 높았다.

참고 듣길 잘했다.

나는 눈길을 돌렸다.

"나쁘지 않은 제안이구나. 그 말이 사실일 경우 크리슬리가 회복되면 많은 도움을 줄 수 있을 테지. 의식을 치르는 것도 검토할 만하다."

"그, 그럼?"

일말의 기대를 담은 눈동자가 나를 향했다. 나는 그 기대를 배신하듯 고개를 저었다.

"하지만 나는 한 번 말한 건 지키는 주의다. 이미 너희의 죽음을 선언했으니 이를 지키지 않을 수가 없다. 하여."

다크 엘프들의 심장이 터질 것처럼 요동치기 시작했다.

내 한마디에 그들의 목숨 줄이 쥐어진 셈이다.

나는 천천히 입을 열었다.

"너희들은 이 시간부로 네 발로 걷고 험하게 짖는 개가 되어야 할 것이다. 자신이 다크 엘프임을 잊어야 한다는 말이다. 특별히 한 달의 시간만 지켜보겠다. 그 시간 동안 만약 개의 한계 이상을 보이는 자가 있거든 의식도 없을 것이며, 너희의 생명 또한 스러지리라. 반대로 훌륭히 소화해 낸다면 의식을 행하고 염원대로 크리슬리를 고쳐 줄 것이다."

한 달간은 다크 엘프로서의 습성을 죽이고 개처럼 행동하란 뜻이었다.

이 정도면 훌륭한 신분 상승이다.

적어도 주인에게 있어서만큼은 절대적인 충성을 보이는 게 개라는 짐승이니까.

어디에도 나만한 아량을 가진 마족은 존재하지 않을 것이었다.

줄리엄이 나를 묘한 눈초리로 올려다봤다.

이에 나는 차갑게 웃어 보이며 말했다.

"짖어라. 개는 말을 하지 못한다."

Dungeon Hunter

이 주일 후.

던전의 15층.

"왈! 왈!"

"헥헥헥……."

놀랍게도 다크 엘프들은 개처럼 활동하는 데 완벽히 적응이 된 상태였다.

50명의 다크 엘프가 한 명도 빠짐없이 네 발로 기는 모습은 장관이라 할 만하였다.

식사를 하거나 볼일을 보는 것조차도 개의 모습을 그대로 재현해 냈다.

평생을 바란 염원과 생명에 대한 집착이 불러온 놀라운 결과였다.

크리슬리만이 그 자리에 없었기에 예외였다.

다만 그녀는 병색이 완연하여 쉬이 걸을 수도 없었으므로 크게 상관은 없었다.

반대로 크라스라는 그 자리에 있었기에 충실히 개처럼 굴어야 했다.

그리고 다크 엘프 중에서 가장 열정적으로 개의 흉내를 내는 게 크라스라였다.

"밥 먹을 시간이에요~ 이히가 개밥을 가지고 왔어요."

때마침 이히가 잡탕밥처럼 여러 가지 음식이 섞인 개밥을 내왔다.

이히는 그들을 감시하는 악덕한 요정이었다.

처음에야 줄리엄의 공손함이 마음에 들었지만 이히에게 던전 마스터의 명령은 절대적.

그가 감시하라 일렀으니 이히는 한 치의 소홀함 없이, 밤

낯을 가리지 않고 끈질기게 다크 엘프를 지켜봤다.

"왈!"

줄리엄이 가장 먼저 솔선하여 다가왔다.

그는 모범을 보여야 할 존재다. 솔직히 그가 맨 처음에 나서서 개의 흉내를 내지 않았다면 지금과 같은 모습은 유지되지 않았을 것이다.

줄리엄이 밥그릇에 입을 대어 개밥을 먹고, 그다음 자리를 크라스라가 차지했다.

"맛있게 먹는 모습을 보니까 이히도 기분이 좋아요. 다음번에는 특식으로 살아 있는 생닭을 잡아다가 줄게요. 목덜미를 물어뜯는 맛이 날 거예요."

이제는 진짜 애완동물을 대하는 것처럼 이히의 태도도 바뀌었다.

순간 다크 엘프들의 얼굴에 그늘이 졌지만 이히의 앞에서 싫은 티를 낼 수는 없었다.

꼬리를 대신해 열심히 엉덩이를 흔들었다.

Dungeon Hunter

한 달이 지났다.

다크 엘프들은 충실히 내가 말한 바를 지켰다.

이 부분에 있어선 나도 조금 놀랄 수밖에 없었다.

이히의 감시가 소홀하다 생각하진 않았다.

적어도 내가 직접 내린 명령은 충실히 이행하려 드는 게 이히였다.

조금이라도 흠이 잡히면 제대로 본때를 보여주려 했다.

하지만 그 집념에 나도 고개를 끄덕일 수밖에 없었다.

다크 엘프로서는 몰라도 개로서의 가치는 증명하지 않았나.

집념을 보아 집 지키는 개로서는 제법 쓸모가 있을 듯하였다.

그리고 한 달 동안 나도 놀지만은 않았다.

뇌신공의 성취를 높여 어느새 7성에 달했다.

이 정도면 크리슬리의 내부를 살피는 것도 가능하다는 결론을 내렸다.

정확히 한 달째 되는 날 엘릭서 한 병을 크리슬리에게 먹였다.

며칠 후 확실히 달라진 크리슬리의 모습을 볼 수 있었고, 때가 되었다 판단한 나는 달빛이 드는 장소에 그녀를 이끌고 들어왔다.

오늘은 만월.

가장 음의 마력이 충만할 때였다.

크리슬리는 긴장을 했는지 몸이 굳은 채였다.

혼혈이라 그런지 피부가 까맣진 않았다.

보기 좋은 황색의 피부와 대비되는 백발.

특이한 연보랏빛의 눈동자…….

병색 탓에 마르긴 했지만 이목구비 또한 훌륭했고 몸의 볼륨도 나쁘진 않았다.

미(美)에 중점을 두는 이라면 반드시 혹할 만한 여자다.

나는 입었던 옷을 벗어 던졌다.

의식은 알몸으로 행해야 한다.

한 달 동안 피로 서로의 몸에 인을 새기고, 마지막 날 결합하면 의식이 종료된다.

단지 의식의 문제가 아니라 조금이라도 크리슬리의 몸 안에서 날뛰는 마력을 안정시키려면 필요한 행위이기도 하였다.

완전히 나신이 된 이후, 나는 크리슬리를 똑바로 바라보며 말했다.

"벗어라."

잔뜩 굳은 크리슬리의 눈에 결연함이 서렸다.

그녀 역시 자신의 처지를 알고 있었다.

엘릭서를 섭취하는 데 성공했고 체력이 조금 붙었지만, 빙룡의 저주는 전혀 영향을 받지 않았다.

오히려 전보다 빠르게 악화되어 생명을 갉아먹는 중이었다.

다른 다크 엘프들은 몰라도 당사자인 크리슬리는 알고 있을 것이다.

그래서일까.

크리슬리가 입을 열었다.

"던전 마스터시여, 말씀드릴 게 있습니다."

"무엇이지?"

크리슬리는 연보랏빛 눈을 들어 나를 마주봤다.

"제 몸은 정상이 아닙니다. 엘릭서를 마셨지만 다시금 상태가 나빠지고 있습니다. 고작해야 오륙 개월. 저의 육신은 얼음처럼 차갑게 식어버릴 것이니……. 던전 마스터의 바람에 응할 수 없습니다."

맞는 말이었다.

애초에 엘릭서는 근본적인 치료제가 될 수 없었다.

태어날 때부터 지닌 천형만큼은 천혜의 물약인 엘릭서로서도 방법이 없는 것이다.

고작해야 수명을 몇 개월 늘려주는 정도가 전부.

나는 이 순간에 이런 말을 해올 줄 몰랐던 터라 물었다.

"내게 요청하지 않는 건가? 던전 마스터는 포인트만 있다면 엘릭서라도 마음껏 구할 수 있는 존재다."

그러자 크리슬리가 고개를 저었다.

"그게 얼마나 염치없는 일인지는 저도 알고 있습니다. 그리고 엘릭서를 아무리 마셔도 제 몸은 치료될 수 없습니다. 던전 마스터시여, 이 의식 역시 사실은 못마땅하지 않으셨는지요? 어렸을 적부터 저도 누군가와 함께할 반려의 의식을 꿈꿨으나 제 처지를 알기에 이미 포기한 상태입니다. 남은 이를 불행하게 할 뿐인 의식…… 줄리엄 장로님은 필시 제 태생에 관해 말했을 것이지만 저는 기대에 응할 수 없습니다."

"그리하면 나머지 다크 엘프들이 모두 죽을 텐데도 말이냐? 그들은 너의 쓸모 있음을 담보로 살아 있는 것이다."

크리슬리를 슬쩍 떠보는 말이었다.

그녀는 순응했는지 그저 처연한 표정만 지어 보였다.

"그것이 운명이라면……"

마치 모든 것을 포기한 듯한 그 모습에 나는 눈살을 찌푸렸다.

엘릭서라는 최후의 희망이 좌절로 끝나서일까?

죽음에 임하는 자세.

바퀴벌레처럼 살아남아 실제로 '벌레'라는 말을 숱하게 들었던 나와는 전혀 다른 태도였다.

내 표정을 본 크리슬리가 이어서 말했다.

"던전 마스터시여, 저희도 마계에서 온 자들입니다. 그곳은 힘 있는 자가 정의인 곳. 뼛속 깊숙이 인지하고 있기에 던전 마스터께서 보여주신 자비가 얼마나 큰지도 알고 있습니다. 줄리엄 장로님께서 고의적으로 저를 숨기셨으니, 다른 마족이었다면 본보기로 장로님의 머리를 자른 채 저를 강제로 범했겠지요. 비록 개의 흉내를 내게 했다고는 하나 생명

을 빼앗진 않았고, 약속대로 엘릭서와 함께 의식도 행해주신
바…… 하해와 같은 이 은혜를 갚지 않을 수 없습니다."

내 처치에 도리어 크리슬리는 감명을 받은 듯했다.

확실히 어지간한 마족이었다면 다크 엘프들의 목을 자르
고 약속조차 지키지 않았을 것이다.

약자에겐 무척이나 잔인해질 수 있는 게 마족이란 종족이
었다.

나는 다만, 심안을 통해 잠재력을 볼 수 있어서 보통의 마
족과는 다른 행보를 보이는 것뿐이었다.

잠재력이 높으면 약자도 강자가 될 수 있었다.

당장은 부족할지 모르나 후에 내게 큰 도움을 줄 수 있으
리라 확신하는 이들.

그들에 한하여 나는 넓은 아량을 보여줄 수 있었다.

대표적인 예가 눈앞의 크리슬리다.

만약 크리슬리와 크라스라의 존재가 없었다면 줄리엄은
죽었다.

개의 흉내를 시키는 번잡한 일도 시키지 않았을 터였다.

피식 웃으며 입을 열었다.

"어찌 갚을 셈이지? 너의 생명은 고작해야 오륙 개월 아
닌가?"

"말씀만 하신다면 불구덩이 안이라도 웃으며 들어가겠습
니다. 차갑게 식어가는 몸뚱이지만…… 각오 또한 되어 있습

니다. 굳이 의식을 치르지 않아도 괜찮습니다. 뜻대로 하시옵소서."

다크 엘프에게 있어서 반려의 의식이란 최고로 영광스러운 일.

그마저도 포기한다고 한다.

남은 시간 동안 자신을 불태우리란 결연한 각오는 있는 것 같았다.

그런 주제에 묘하게 죽음에 달관한 태도는 여전히 마음에 들지 않았다.

어쨌거나…….

'불구덩이 안이라도 웃으며 들어갈 수 있다고 했겠다.'

일단은 그 말을 들은 걸로 족했다.

죽음을 대하는 자세부터 교정시킬 필요가 있었다.

자신이 죽을 거라는 걸 인지하고 자포자기로 임하는 건 내가 바라는 모습이 아니었다.

쫘악!

크리슬리를 강제로 눕히고 입고 있던 실크 재질의 얇은 옷을 우악스럽게 찢었다.

동시에 탄력적인 가슴과 몸매가 드러났다.

하지만 그녀는 반항하지 않았다. 모든 걸 받아들이겠다는 의미다.

나는 그런 크리슬리의 눈을 똑바로 내려다보며 말했다.

"내가 너를 살리마. 그러니 너는 나만을 위해 살아야 할 것이다."

오늘은 만월이다.

음의 마력이 가장 풍족한 날.

이에 반응하듯 크리슬리의 몸 안에 내재된 다크 엘프 하이어의 마력이 조금씩 고개를 치켜들고 있었다.

그럼에도 진마룡의 마력에 비하면 모자란 감이 있지만, 조금이나마 균형을 맞췄다는 게 중요했다.

뇌신공의 성취는 어느새 7성에 달했다.

보유한 전력량도 6,400만 와트나 되었다.

진짜 번개에 비할 바는 아니지만 피부의 접촉을 통해 전해진다면 번개보다 못할 이유가 없었다.

나는 크리슬리의 신체 곳곳에 손을 올린 채 뇌신공의 뇌기(雷氣)를 조금씩 흘려 넣었다.

맥이 막힌 부위를 파악하고 음의 마력을 조금 더 진동시켜 보려는 셈이었다.

'일단 맥을 뚫을 필요가 있긴 하겠군.'

본래 뜨거운 마력은 피를 타고 전신에 흐른다.

반대로 차가운 마력은 한곳에 뭉치려는 습성이 있었다.

타고 흐르는 전신의 세맥도 조금씩 다르다.

크리슬리는 음의 마력이 아홉 곳에 너무 심하게 뭉쳐서 일이 커진 케이스였다.

맥을 뚫은 뒤 닫힌 통로를 다시 넓혀줘야 할 것 같았다.

뭉쳐 있는 음의 마력은 뇌기로 살살 문질러 주면 고비는 넘길 듯했다.

'뇌신, 너의 차례다.'

단전에 기거하는 번개의 뱀. 그 이름이 뇌신이었다.

뇌신은 귀찮은 듯 꿈틀대며 내 손을 타고 크리슬리의 몸으로 이동했다.

가만히 내 행동을 지켜보고 있던 크리슬리도 찌릿한 감각의 무언가가 자신에게 들어오는 걸 느꼈는지, 눈을 크게 떴다.

"참아라. 소리를 내어선 안 된다."

"……!!"

쾅!

바로 그 순간 6,400만의 전력을 품은 뇌신이 첫 번째 관문에 도착했다.

뇌신이 막혀 있는 맥에 도착하자 언제 그랬냐는 듯 저돌적으로 머리를 박아버린 것이다.

크리슬리의 몸이 부르르 떨렸다.

어떻게든 튀어나오려는 신음 소릴 억제하고자 주먹을 꽉 움켜쥐었다.

왼손으로는 바닥을 긁고 열 개의 발가락을 모두 구부러뜨렸다. 활의 시위처럼 몸을 구부리고, 전신에서 식은땀이 솟았지만 소리는 내지 않았다.

'어렵군.'

내 표정도 덩달아 굳었다.

방금 전의 충격으로도 맥을 뚫지 못했다.

오늘 반드시 첫 관문을 뚫어야 하는데, 나보다는 크리슬리의 몸이 버틸 수가 없을 것 같았다.

하지만 오늘이 아니면 다음 보름달이 뜰 때까지 한 달을 더 기다려야 한다.

음의 마력이 충만해 다크 엘프 하이어의 마력이 눈을 뜬 이날!

진마룡의 마력에서 조금이라도 자유로울 수 있는 이날만이 절호의 기회였다.

적어도 관문 하나만 넘어설 수 있다면…….

"쉽지 않은 일이 될 것이다. 절대로 정신을 놓지 마라."

누군가를 위해 달콤한 말을 속삭이는 행위는 내게 너무나도 익숙하지 않은 일이다.

그저 참고 견디라고 말해주는 게 내가 할 수 있는 최선이었다.

크리슬리가 입술을 꽉 깨물곤 고개를 끄덕였다.

뇌신 역시 뿔이 잔뜩 났는지 꼬리를 사납게 흔들어 댔다.

쾅!

다시 한 차례 거센 폭풍이 지나갔다.

방금 전보다 더욱 고통스러운 표정으로 크리슬리의 몸이 꼬였다.

하지만 내 손은 크리슬리의 몸에서 떨어지지 않았다.

남의 몸에 기운을 흘리는 일. 나도 안전하지만은 않았다.

만약 크리슬리의 몸에서 마력이 역류하면 나 역시 커다란 상처를 입을 수 있었다.

지금 상황에서 뇌신을 빼낸다면 그와 같은 일이 벌어질 것은 자명했다.

내 눈이 한층 진지해졌다.

한번 시작했으니 끝을 볼 수밖에 없었다.

크리슬리는 정신을 차릴 수가 없었다.

쉴 새 없이 느껴지는, 상상을 아득히 초월한 고통에 그저 정신을 놓아버리고만 싶었다.

고통에 익숙해져 있다고 생각했지만 이날만큼은 달랐다.

몸 안을 뾰족한 바늘 수천 개가 들쑤시는 느낌.

그런데 그저 참으란다.

소리조차 내어선 안 된단다.

솔직히 크리슬리는 눈앞의 남자가 무엇을 벌이는지 알지 못했다.

살린다고 말했고, 그럼 어디 해보라는 심정이었다.

그녀라고 희망을 가져보지 않았겠는가.

자신을 살리려는 수많은 시도가 있었다.

모두 좌절로 끝났다.

엘릭서만이 유일한 희망이었건만, 그마저 좌초되었다.

어려서부터 워낙 포기와 친숙했던 크리슬리였기에 '역시나' 하는 심정이었다.

장로 줄리엄이나 오빠인 크라스라는 큰 기대를 걸었지만 그녀는 그다지 기대하지 않고 있었다.

기대가 적으면 실망도 적다.

그리고 엘릭서로 개선된 상태가 다시금 악화되고 있다는 걸 둘에겐 말하지 않았다.

그 둘이 보내올 동정에 찬 시선이 너무나도 싫었다.

한데 이 남자는…… 적어도 동정의 눈빛을 보내진 않았다.

뭐랄까?

모든 걸 간파하고 있는 듯 무덤덤하기 그지없었다.

처음에는 몸을 취하려는 변명인가 하였다.

마족이면 마족답게 그냥 취하면 될 것을, 의식을 행하고 살리겠단 달콤한 말마저 마다하지 않는다.

불가능하겠지만…… 일족의 목숨을 살려준 데다 엘릭서를 받은 것도 있어서, 그렇다면 남은 생명을 이 특이한 마족에게 사용하리라 내심 다짐한 상태였다.

'살 수 있을까?'

그런데 불현듯 이와 같은 생각이 물꼬를 텄다.

고통은 도무지 적응되지 않았지만 눈앞에 있는 마족의 표정은 한없이 진지했다.

꽝!

"……!!"

누가 그랬던가.

고통은 살아 있단 증거라고.

포기는 너무나도 익숙한 것일진대 고통과 함께 들이닥치는 또 다른 감각에 시선이 갔다.

무언가가 몸에 강렬한 통증을 가져다줄수록 여태껏 느껴보지 못했던 몸의 활기가 직접적으로 맞닿았다.

세포 하나하나가 조금씩 살아나고 있는 것만 같았다.

'아!'

꽝!

착각이 아니었을까?

이번 충격은 고통스럽지 않았다.

오히려 지독한 쾌감을 가져다주었다.

볼이 붉어지고 빠르게 피가 돈다. 살아생전 느껴보지 못한 생명력이 주체할 수 없을 만큼 전신에서 요동치고 있었다.

크리슬리는 확신했다.

자신의 몸에 금제를 가한 저주가, 조금이지만 풀렸다는 것을!

'살 수 있을까요?'

무덤덤한 마족에게 속으로나마 질문을 던진다.

하고 싶은 게 많았는데 단 하나도 할 수 없었던 허약하기 그지없는 몸뚱이.

그게 나을 수 있냐는 말.

그리고 그 희열, 그 희망을 마지막으로 크리슬리는 정신을 잃었다.

보름달이 떴다.

달빛이 흐르는 이 밀폐된 공간에서 어느덧 한 달을 보낸 것이다.

그동안 크리슬리의 모습은 눈에 띄게 달라져 있었다.

창백하고 핏기 없던 얼굴에 혈색이 돌았으며, 풍겨지는 분위기에서 전과 다른 위엄 같은 게 서려 있었다.

말랐던 몸에도 살이 붙어 전과는 비교할 수 없이 아름다워졌다.

표정 역시 생기가 넘쳤다.

죽음을 받아들이던 때와 동일 인물이라곤 도저히 생각할 수 없을 정도로 변했다.

진마룡의 마력과 다크 엘프 하이어의 마력이 조화를 이뤘기에 가능한 일.

나신의 크리슬리가 나를 향해 살포시 미소를 지었다.

이내 그녀가 다가오더니 정성스럽게 내 가슴을 쓸었다. 그리곤 입을 벌려 혓바닥으로 가슴 중앙을 애무했다.

크리슬리의 혓바닥을 따라 내 가슴 중앙에 혈선이 새겨졌다.

혓바닥은 붓이었고 혀를 깨물어 낸 피는 먹물이었다. 마치 도화선에 그림을 그리듯 진중하기 그지없었다.

평소엔 손가락을 찔러 나온 피로 새겼지만 오늘은 대미를 장식할 마지막 날.

의식의 방법 역시 달라질 수밖에 없었다.

내 몸 전체엔 그런 혈선이 수없이 새겨져 있었다.

모두 크리슬리의 피였고, 의식을 위해서였다.

나는 가만히 가슴 한중간에서 느껴지는 따뜻함을 받아들이며 심안을 열었다.

이름 : 크리슬리

직업 : 없음

칭호 :

　*진마룡의 피를 잇는 자(Epic, 지능 마력+6)

　*달의 가호를 받는 자(Ex U, 마력+8)

능력치 :

　힘 23

　지능 94(+6)

민첩 21

체력 27

마력 46(+14)

잠재력 (211+20/478)

특이사항 : 진마룡 아오진과 다크 엘프 하이어 쉴라의 피를 이어 그 성장의 끝을 알 수가 없습니다.

스킬 : 없음

[전후 비교]

힘 19 지 100 민 21 체 1 마 34 잠재력 (176+3/478)

힘 23 지 100 민 21 체 27 마 60 잠재력 (211+20/478)

체력과 마력이 큰 폭으로 상승했다.

신체적 능력치는 아직도 적지만 과거를 생각해 보면 놀라운 성장이었다.

물론 나 또한 한 차례 변화를 겪었다.

굳이 따지자면 내 변화가 아니라 뇌신공의 변화였지만……

나는 씁쓸히 고개를 내저으며 상태창을 띄웠다.

이름 : 랜달프 브뤼시엘

직업 : 마계 백작(던전 마스터)

칭호 :

  *불굴의 전사(Ex U, 모든 능력치+2)

  *최초로 요정의 축복은 받은 자(U, 마력+6)

능력치 :

  힘 79(+9)

  지능 64(+2)

  민첩 74(+2)

  체력 80(+2)

  마력 82(+8)

  잠재력 (379+23/500)

전력량 : 64MW

특이사항 : 나락군주의 심장을 이식했습니다(온전한 힘을 개방하지 못한 상태입니다.), 방대한 마력을 집어삼킨 뇌신공의 변화가 진행 중입니다. 결과를 예측할 수 없습니다.

스킬 : 스킬 조합(R), 심안(Ex U), 뇌신공(???), 분노(Epic)

능력치가 오르거나 칭호가 생기진 않았다.

망할 뱀, 뇌신이 크리슬리의 몸에서 가져오던 진마룡과 다크 엘프 하이어의 마력을 풀어놓지 않고 자기가 꿀꺽 삼켜버렸기 때문이다.

그 뒤로는 배꼽 아래 보금자리에 죽은 듯이 누워서 꼼짝하지 않고 있었다.

덕분에 뇌신공 스킬에 물음표가 세 개나 붙었다.

이런 적은 처음인지라 결과가 어찌 될는지 도저히 예상할 수가 없었다.

"받아라."

생각을 접고 마법 주머니에서 사령술사의 책과 죽음 지팡이를 넘겼다.

내 가슴에 혈선을 마저 새긴 뒤, 얌전히 물건을 건네받은 크리슬리의 고개가 갸웃했다.

"던전 마스터시여, 이게 무엇이지요?"

"네가 계승할 직업과 스킬, 그리고 네가 사용할 지팡이다."

단번에 의도를 파악한 크리슬리가 힘을 주어 말했다.

"……최선을 다해 익히겠습니다."

"몸을 추스른 뒤 익히는 게 좋을 거다. 방법은 알고 있나?"

"예, 어둠의 정령과 계약하고 공부한 적이 있습니다."

굳이 설명해도 되지 않다는 건 생각 이상으로 편하다.

크리슬리는 어려서부터 몸조차 제대로 가누지 못해서인지 눈치가 매우 빨랐다.

이 장소에 있는 한 달간 내가 말을 하지 않아도 내 의도를 파악하고 먼저 움직였다.

첫 관문을 돌파한 뒤로부터 나를 대하는 태도가 완전히 바뀌어버린 것이다.

살 수 있다는 희망!

천형의 굴레에서 벗어날 수 있다는 그 희망이 크리슬리를 완전하게 바꾸어 놓았다.

더불어서 내 성향이나 성격 등도 모조리 파악한 듯싶었다.

첫날 이후로 크리슬리가 나를 거스른 일은 한 번도 없었다.

'나갈 때가 되었군.'

던전을 벗어나 길드로 돌아갈 때가 되었다.

한 달이 넘도록 자리를 비웠으니 필시 말이 돌고 있을 터였다.

'뇌신과 뇌신공이 어찌 변할지는 모르겠지만……'

어깨를 으쓱했다.

이미 지나가 버린 일.

뇌신 녀석이 마력을 도로 토해낼 것 같지도 않았다.

좋은 방향으로 변화가 진행되길 바랄 수밖에.

나는 가만히 크리슬리를 바라봤다.

크리슬리의 뺨에 홍조가 생겼다.

의식은 끝나지 않았다.

아직 결합의 의식이 남아 있었다.

사령술사의 책과 죽음 지팡이를 조심스럽게 옆으로 내려놓은 크리슬리가 고개를 끄덕였다.

마음의 준비가 되었다는 뜻이다.

나는 크리슬리의 팔목을 잡아 억척스럽게 내 쪽으로 잡아당겼다.

그리곤 잡아먹듯 그녀의 입술을 탐했다.

의식이 끝난 다음 날.

나는 던전을 나섰다.

내 옆에는 크라스라가 있었다.

"던전 마스터시여, 제가 함께해도 괜찮겠습니까?"

강렬한 태양빛을 받으며 크라스라가 물었다.

마법 귀걸이의 도움으로 뾰족한 다크 엘프의 귀는 감춰져 있었다.

언뜻 보면 피부가 까만 남자 이상으로는 보이지 않을 것이었다.

게다가 귀걸이엔 자동으로 언어가 번역되는 옵션도 있었다.

크라스라를 대동해도 크게 문제가 되진 않으리라 여겼다.

"크리슬리에게 들었다. 네가 다크 엘프들을 가르치는 선생 역할을 했었다고."

내 물음에 크라스라가 고개를 끄덕였다.

"맞습니다. 기본 검술이나 제가 익히는 창술, 마수를 상대하는 법 등을 몇몇 다크 엘프에게 가르친 적이 있습니다."

"네가 할 일이 그와 같다. 너는 내 휘하의 인간을 가르쳐야 할 것이다."

누군가에게 배움을 나눠본 적이 없어서 내 가르치는 솜씨는 서툴기 그지없었다.

유은혜와 앞으로 들어올 각성자들을 가르치려면 역시 능숙한 이가 필요했다.

그래서 크라스라가 낙점됐다.

더불어 공격대의 일원으로 사용한다면 나쁘지 않을 것 같았다.

던전에 있어 봤자 당장 크라스라가 할 일이 없으므로 이렇게라도 밥값을 시키는 것이다.

크라스라는 눈을 크게 떴다가 이내 이해한 듯 손뼉을 쳤다.

"휘하 인간들이요? 아, 유희입니까?"

"비슷하다."

지금 당장은 유희라고밖에 볼 수 없었다.

인간들의 수준은 너무나도 미약했다.

크라스라가 눈을 빛냈다.

"알겠습니다. 던전 마스터의 유희에 방해가 되지 않도록 노력하겠습니다."

크리슬리를 고친 이후, 나를 바라보는 다크 엘프의 시선도 조금은 바뀌었다.

그들에게 있어서 크리슬리는 다크 엘프의 화신이다.

신앙!

신앙과 같았다.

그래서일 것이다.

다크 엘프는 개처럼 굴렸던 것을 잊고 내 밑에서 순종하기로 결정 내렸다.

크라스라 역시 마찬가지다.

그의 진실된 역할은 크리슬리의 호위.

크리슬리를 친동생보다 아꼈기에 그녀의 완치가 더욱 기꺼울 수밖에 없었다.

실제로 한 달간 개의 모습을 충실히 유지하면 크리슬리를 고쳐 주겠다는 나의 말에, 가장 열심히 개 흉내를 낸 것도 크라스라였다.

전사의 자존심을 내버려도 좋을 만큼 크리슬리가 중요하다는 방증이었다.

아니었다면 차라리 죽을지언정 그런 선택을 내리진 않았을 터.

이제 자신의 입장을 완벽히 정리했다고 봐도 좋으리라.

나는 지나가듯 말했다.

"앞으로는 그냥 마스터라 부르도록."

"명심하겠습니다, 마스터."

이윽고 둘은 산을 내려가기 시작했다.

Chapter 10

천명회

Dungeon Hunter

강남 역삼동에 위치한 길드 하우스.

5층짜리 빌딩 하나를 통째로 매입하여 길드 하우스로 이용하는 곳은 현재 천명회뿐이었다.

던전이 생기고 1년이 채 안 되어 강남에 빌딩 하나를 매입할 정도로 김용우의 수완이 좋다고 할 수 있었지만, 그만큼 빡빡하기로 소문이 난 곳이었다.

한데 오늘은 웬일인지 천명회의 길드 하우스 앞에 수백에 달하는 사람이 줄을 서고 있었다.

"359번 각성자님! 359번 각성자님, 들어오세요!"

노란색의 눈에 띄는 옷을 입은 도우미 몇 명이 건물 앞에서 사람들을 유도하는 중이었다.

줄의 가장 앞에 선 남자가 번호표를 보이며 길드원을 따라 건물 안으로 들어갔다.

크라스라는 그들을 신기한 듯 쳐다보다가 말했다.

"이 건물이 천명회입니까, 마스터?"

"그렇다."

나는 가볍게 고개를 끄덕였다.

산을 내려오며 크라스라에게 간단하게 설명한 것 중 천명회에 관한 게 있었다.

앞으로 지낼 곳이니 필수적으로 알아둬야 한다고 생각해서였는데, 나도 조금은 얼떨떨하였다.

길드 하우스에 이만한 사람이 줄지어 있는 것 자체를 처음 보았다.

'전부 각성자인가?'

심안을 열어 줄을 선 이들을 살펴보니 모두가 각성자였다.

'신입 모집이라도 하는 모양이군.'

슬슬 길드의 인원을 확충할 때이긴 하였다.

안전지대를 선점하여 안정적으로 코어를 조달할 기틀을 만들었다. 대한민국에서 천명회는 무시 못할 입지를 본격적으로 다지기 시작한 것이다.

제대로 된 행보를 보이려면 당연히 인원도 늘어나야 했다.

"지구라는 곳은 상당히 재밌는 곳 같습니다. 높지 않은 건물이 하나도 없군요."

크라스라는 감탄을 터뜨렸다.

산을 내려온 이후 계속해서 이 상태다.

마계와 지구는 완전히 다른 세상이었다.

척박하기 그지없는 마계에서 살아가던 크라스라이니 놀라는 것도 당연했다.

다만, 압도되진 않았다. 과학 기술 외에는 별 볼 일이 없다는 걸 알아차린 것이다.

강자존.

크라스라는 승자 독식의 세계에서 찾아왔다.

이들 중 자신을 긴장하게 할 만한 전사가 한 명도 없다는 걸 깨닫고 유람이라도 온 듯이 느긋하게 행동하는 중이었다.

실제로 크라스라가 마음만 먹는다면 대한민국에 전례가 없었던 참극이 벌어진다.

가정이 아니라 확신이다.

크라스라의 능력치 총합은 362에 달했고, 이 정도면 상급 마수 3Lv에 달하는 무력이었다.

현대 병기가 거의 통하지 않는 수준이 바로 이 지점이었다.

나는 혀를 차곤 말했다.

"이곳이 유독 심할 뿐이다. 하여간…… 들어가도록 하자."

강남만큼 건물이 높은 곳도 흔치 않다.

어차피 앞으로는 매일 보게 될 광경인데 하나하나 놀라고 있을 시간은 없었다.

나는 길드 하우스의 입구를 향해 개의치 않고 걸어갔다.

천명회 데빌헌터의 공대장인 내가 줄을 서서 들어가는 것도
웃기는 꼴이다.

"저건 뭐야?"

"새치기하지 마세요!"

"새끼야, 네 눈은 옹이구멍이냐! 이 줄 안 보여?"

여기저기서 항의가 빗발쳤다. 걸걸하게 욕을 내뱉는 각성
자도 없지 않았다.

"마스터, 이럴 때 저는 어떻게 하면 좋습니까?"

크라스라가 눈살을 찌푸리며 내게 물었다.

좋은 현상이다. 무턱대고 움직이려 들었다면 크게 타박했
을 터였다. 신중하게 내 의견을 묻는 건 크라스라가 진정으
로 스스로의 위치를 자각했다는 뜻.

노예는 명령 없이 움직여선 안 되는 존재였다.

"무시해라."

"알겠습니다."

일일이 반응했다간 끝이 없다.

무엇보다 시간 낭비였다.

내가 막 입구에 발을 들이려는 찰나 노란 옷을 입은 이가
길을 막아섰다.

"길드 가입 희망자시면 줄을 서 주세요."

"너는 누구냐?"

"천명회 길드 소속 김철순입니다. 줄을 서지 않으면 안으

로 들어가실 수 없습니다."

김철순이라. 이런 이도 있었던가?

처음 보는 얼굴이었다. 아무래도 내가 없는 사이에 들어온 신입인 듯싶었다.

"랜달프 브뤼시엘, 천명회 소속 데빌헌터 공격대의 공대장이다."

"천명회에 그런 이름을 가진 공격대는 없습니다만."

"그럴 리가. 내가 자리를 비웠다고는 하나, 유은혜와 이지혜가 소속되어 있을 텐데?"

"그런 이름을 가진 길드원도 없습니다. 죄송하지만 장난치러 오신 거라면 그만 꺼지시죠?"

일이 이상하게 돌아간다. 내가 자주 자리를 비워도 이런 적은 없었다. 물론 한 달 넘게 없었던 건 처음이지만 공격대 자체가 없어졌다니?

반응을 보아 없어졌다는 표현이 맞을 것 같았다.

'이상하군.'

확실히 이상한 일이었다.

공격대는 없어질 수 있다고 하더라도 길드원은 남아 있어야 정상이었다. 한데 유은혜와 이지혜란 이름 또한 들어본 적 없다는 태도다.

김철순이 밟힌 캔처럼 인상을 구겼다.

"그만 가시라니까요? 저 사람들은 뭐 시간이 남아돌아서

저기 서 있는 줄 아세요? 아, 시팔. 아니면 외국인이라 한국 말 잘 못해요? 랜달프 뭐시기 님?"

"마스터, 이것도 무시합니까?"

크라스라가 의중을 물었다.

마법 귀걸이는 쓸데없이 상세하게 번역을 해줬는데, 김철순이 내뱉은 단어 중 하나가 매우 상스러운 욕임을 알아들을 수 있었다.

나는 잠시 생각을 정리하고 말했다.

"김용우는 안에 있나?"

"아니, 길드 마스터가 네 친구예요?"

"안에 있나?"

"안에 있으면 어쩌려고요? 진짜 미쳐 버리겠네."

김철순이 내 어깨를 붙잡았다.

힘으로라도 쫓아낼 기색이었지만 나는 꿈쩍도 하지 않았다.

"어, 뭐야? 왜 안 움직여?"

나름 힘에는 자신 있는 전사인 듯했지만 내가 보기엔 거기서 거기다.

능력치 총합 180을 간신히 넘기는 떨거지!

"김용우를 불러와라. 아니면 내가 직접 찾아간다고 전해."

"무슨 일이야?"

노란 옷을 입은 다른 신입 길드원들이 하나둘 모습을 드러냈다.

김철순이 가만히 서 있자 의아함에 다가온 것이다. 내 어깨에서 손을 뗀 김철순은 의기양양한 표정으로 어깨를 으쓱했다.

"아니…… 이 사람이 길드 마스터 이름을 옆집 친구 이름처럼 부르더라고. 데빌헌터 공격대 공대장이라나? 우리 길드에 그런 공격대 없잖아?"

"데빌헌터? 작명 센스가 끝판왕 수준인데?"

"둘 다 외국인이잖아. 한 명은 흑인, 한 명은 백인. 잘생겼네. 어디 모델들인가? 건물 잘못 찾아온 거 아냐?"

듣다 보니 내 말은 무시된 것 같았다.

조용히 들어가서 사정을 밝히려 했는데 이래선 어쩔 수가 없다.

"……내가 직접 찾아가야겠군."

나는 크라스라에게 눈빛을 던졌다.

크라스라가 고개를 끄덕이며 등에 맨 창갑(槍匣)을 풀었다.

쇠로 된 기다란 창갑 안에서 붉은색의 창이 튀어나왔다.

"죽입니까?"

"살려라. 적당히 신체 한 곳을 부러뜨리는 정도라면 괜찮다."

"알겠습니다."

김철순을 비롯한 길드원들은 황당무계하단 표정을 지어

보였다. 나름대로 한가락 하여 길드원으로 선택된 게 자신들이다. 고작 한 명이 창을 들었다고 어찌할 레벨이 아니란 말이다.

김철순과 길드원들이 각자 무기를 꺼내 들었다.

"좋은 말 할 때 그냥 가시죠? 전투에 들어가면 곱게는 못 보내드립니다."

여전히 여유로운 태도로 공간에서 검을 뽑아 낸 김철순이 비릿하게 웃었다.

신입 중 가장 뛰어난 실력을 보여서 선물 받은 레어 등급의 검이다.

공간이동 마법이 걸려 있고 무척이나 절삭력이 높아서 실력을 한 단계 끌어올려 주는 보물이었다.

자신만만한 표정을 지을 수밖에 없다.

"어디서 많이 본 검이로군."

내가 한때 사용하고, 던전 곳곳에 뿌린 검이 저 비슷한 모습을 하고 있었다.

결국 내 던전에서 가져온 검이라는 뜻인데.

그다지 자랑할 정도의 물건은 아니건만 좋다고 사용하니 묘한 기분이었다.

"시작하겠습니다, 마스터. 5초면 충분할 듯합니다."

크라스라가 창을 쥔 채 자세를 잡았다.

"아오! 말 더럽게 안 통하네! 후회하지 마……!"

말도 채 끝나기 전이었다.

후웅!

"케헥!"

창대 끝에 뒤통수를 얻어맞고 김철순이 개구리 같은 자세로 나자빠졌다.

나머지 두 명의 길드원도 곧 비슷한 길을 걸었다.

세 명의 길드원이 바닥에 너저분히 쓰러져 있었다. 말이 5초이지 5초도 걸리지 않았다. 그야말로 압도적이라 할 만한 광경!

수백 명의 길드 가입 희망자가 지켜보는 가운데 벌어진 일이었다.

"마스터, 뼈가 너무 물러 터져서 기절만 시켰습니다. 부러뜨립니까?"

김철순의 오른쪽 팔 위에 다리를 얹으며 크라스라가 말했다.

워낙에 차이가 많이 나서, 창을 쥐고 힘 조절을 잘 못했다간 뼈만 부러뜨리는 게 아니라 아예 생명을 앗아갈 수도 있었다.

그걸 염두에 둔 조심스러운 행동이었다.

나는 고개를 저었다.

"됐다. 가자."

길드 하우스에 들어서자 그제야 익숙한 얼굴들이 하나둘 보이기 시작했다.

그들은 나를 본 즉시 한결같은 반응이었는데, 마치 죽은 사람이 살아 돌아오기라도 한 듯 경악에 찬 표정을 지었다.

'죽은 사람 취급받고 있었군.'

그 반응을 본 뒤 머릿속으로 조금씩 정리가 됐다.

한 달 이상 자리를 비운 데다 연락할 방법도 없어, 길드 내에서 사망자 처리된 것 같았다.

나를 중심축으로 존재하던 데빌헌터 공격대도 당연히 해산.

그러나 유은혜와 이지혜가 어디로 갔는지가 여전히 의문이었다.

나는 엘리베이터로 들어가 5층을 눌렀다.

막 문이 닫히려는 찰나, 때마침 여러 길드원이 같이 탑승하였다.

"너, 너는?"

그중 가장자리에 선 남자가 내 얼굴을 보더니 입을 크게 벌렸다.

가볍게 인사를 건넸다.

"이름이 김태환이던가? 오랜만이군."

가볍게 인사를 건넸다.

1층을 공략할 때 함께한 12인 중 한 명이다. 길드 내에서도 제법 영향력이 있는 자였다.

게다가 던전 안에서 정규적인 지옥 훈련을 계획해 나름 인기를 끌었다.

그가 이내 벌린 입을 닫더니 인상을 찌푸렸다.

"죽었다고 들었는데?"

같은 층을 가는지 김태환은 가만히 내게 시선을 던졌다.

나는 피식 웃으며 답했다.

"그런 말을 누가 했지?"

"네가 던전에 들어가는 걸 본 길드원이 있다."

"어리석군. 내 실력을 모르는 건가?"

"던전에 들어간 사람이 한 달이나 감감무소식이면 모두가 죽었다고 생각할 거다."

"그래서 데빌헌터 공격대를 해산시켰고?"

김태환의 눈썹이 휘었다.

"보아하니 길드 마스터를 만나려고 하는 모양이다만, 이제 네가 길드에 서 있을 자리는 없다. 네가 없는 사이에 실력 있는 신입도 많이 들어왔지. 나도 레어 등급 스킬을 얻었어. 오크 두 마리쯤은 나 역시 상대할 수 있다."

내가 이들에게 보여준 게 딱 그 정도였다.

오크 두 마리를 상대하는 것.

하지만 김태환의 태도는 어딘가 어색했다.

나는 이에 의아해하며 말했다.

"축하한다고 해야 하나?"

"말귀를 못 알아듣는군. 험한 꼴 보기 전에 떠나라는 거다."

띵동~

곧 엘리베이터의 문이 열렸다.

5층. 길드원들이 모이고 쉬는 장소가 눈앞에 들어왔다.

김태환이 먼저 엘리베이터를 나왔다. 그 뒤를 함께 탄 이들이 따랐다.

"마스터, 다 쓸어버립니까?"

"됐다."

크라스라가 묻고 내가 즉답했다.

뭐가 문제인지 알았으니 먼저 해결해야 할 게 있었다.

"길드 마스터를 만나야겠군."

자세한 사정을 들은 뒤 이야기에 따라서 행방을 결정할 것이다.

간이 작은 김용우가 혼자서 내 공격대를 해산시켰다고는 생각하지 않았다.

방금 전 만난 김태환같이 다른 길드원이 성화를 부렸을 테다.

그들의 눈에 나와 내 공격대는 눈엣가시 같은 존재.

내가 한 달이나 자리를 비웠으니 김용우도 어찌할 수 없었을 것이리라.

그 정도 선이라면 나도 납득할 수 있었다.

반대로 내가 생각하는 게 아니라면 벌을 줄 수밖에 없겠지만……

'그나저나.'

엘리베이터를 나온 순간 찔러오는 시선들.

나는 고개를 돌려 그들을 바라봤다.

5층은 다목적실이었고 주로 회화의 장이 되는 장소다.

절반 정도가 익숙한 얼굴이었으나 나머지 절반은 생소했다.

지난 한 달간 인원 확충을 크게 한 모양인데…… 시선을 보내오는 이들 대개가 기존의 길드원들이었다.

호의적이지도 않았다.

그 시선 속에 적의가 섞여 있음을 눈치챘기에 크라스라가 나선 것이다.

'다 쓸어버려도 되느냐'고 물은 것도 김태환보단 저들에게 하는 말이었다.

김태환은 얼굴을 찌푸렸을지언정 적의를 보내진 않았다.

그렇다면.

'충고였나?'

다른 이들을 조심하라고, 자신처럼 성장한 이들을 상대할 자신이 없으면 험한 꼴 보기 전에 떠나라는 뜻이었다.

어쩐지 말하는 태도가 부자연스럽다 싶었다.

아니라면 난데없이 신입의 이야기를 꺼내거나 레어 등급

스킬을 얻었다는 자랑 등을 할 이유가 없었다.

단순히 강자의 논리대로 생각한 게 오산이다.

그런 식으로 돌려서 말하다니…….

'하!'

답지 않은 술책에 피식 웃음이 나왔다.

상황이 묘하게 돌아갔다.

이곳은 5층 플로어. 회화의 장.

그런데 돌아가는 꼴이 예전과 조금 다르다.

일단 몇몇 그룹으로 나뉘어 뭉쳐 있었다. 예전과는 확실히 차별된 광경이었다.

파벌.

그 두 글자가 떠올랐다.

하여간 내가 없는 한 달 동안 생각보다 많은 일이 생겼음은 익히 짐작할 수 있었다.

나는 그들의 시선을 무시한 채 앞으로 걸어 나갔다.

길드 마스터가 사무를 처리하는 방은 중앙 좌측에 존재하고 있었다.

문 앞에 선 나는 크라스라에게 말했다.

"앞에서 대기해라."

"알겠습니다, 마스터."

덜컹!

문을 열고 들어가자 김용우는 안경을 낀 채 잔뜩 쌓인 서

류를 정리하는 중이었다.

"누구야? 한동안은 아무도 들어오지 말라고⋯⋯."

"나다."

고개조차 돌리지 않고 말하던 김용우가 내 목소리를 듣더
니, 몸을 움찔하며 시선을 옮겼다.

이어 '어헉!' 하는 괴상한 소리와 함께 의자에서 떨어져 바
닥에 나자빠졌다.

잠시 후 겨우 자리에서 일어난 김용우가 안경을 책상 위로
올려놓곤 다시 나를 쳐다보고, 이내 미간을 주물러 피곤함을
호소했다.

"삼 일 밤낮 철야를 했더니 기가 허해졌나⋯⋯."

"데빌헌터 공격대를 해체했더군."

기존의 인원들밖에 모르던 그 이름이 튀어나오자 김용우
는 경악했다.

"지, 진짜 랜달프 님이십니까?"

"가짜 랜달프도 있나?"

"오오, 세상에! 신이시여!"

김용우가 몸을 부르르 떨었다.

누군가가 보았다면 마치 진짜 신이라도 영접한 듯 여겼을
지 모르는 몸짓.

"공격대를 해체한 원인이 뭐냐."

그러거나 말거나 내가 본론을 묻자 김용우가 마른침을 꿀

꺽 삼켰다.

"다들 주인님이 죽은 줄 알았습니다. 무, 물론 저는 아닙니다만."

"내 죽음이 원인이 되어 공격대가 해체됐다?"

숨길 것도 없다고 판단했는지 물 흐르는 것처럼 자연스럽게 김용우가 말했다.

"아니, 아닙니다! 오해십니다. 공격대는 해체되지 않았습니다. 다만…… 잠정적 유보 상태라고 해야 할까요?"

"유보 상태?"

"예, 그렇습니다. 그러니까 20여 일 전, 길드 인원 확충안이 나오면서부터 문제가 대두됐습니다. 데빌헌터 공격대에게 주어진 특혜가 너무 많다는 지적이었지요."

"계속 말해라."

입술로 혀를 핥은 김용우가 긴 이야기를 시작했다.

"처음에는 무시했습니다. 제깟 것들이 항의해 봐야 별일이 생기겠냐 안이한 마음도 있었습니다. 하지만 가만히 놔두니 어느새 불길처럼 번져 있더군요. 흔히 말하는 마녀사냥이었습니다. 평소 주인님의 행실을 거론하거나 3명뿐인 숫자로 공격대를 논하는 게 말도 안 된다는 등의 반응이었습니다."

이마에 흐르는 땀을 훔친 김용우가 이어서 말했다.

"당시 저는 인원 확충과 안전지대 선점 건으로 바쁜 상태였습니다. 해서 적당히 놔두면 알아서 잠잠해지리라 오판을 했지요. 주인님이 돌아오신다면 이 역시 해결되리라 여겼습니다."

"그런데 내가 돌아오지 않았지."

크라스라와 크리슬리의 일을 해결하느라 한 달을 넘게 자리를 비웠다.

이번 일은 그사이에 벌어진 것이었다.

김용우가 우울한 얼굴로 마저 이야기하였다.

"예, 시간은 더 지나갔고…… . 새로운 인원이 들어오며, 분위기가 훨씬 험해졌습니다. 뿐만이 아니라 기존의 길드원과 신입들을 회유해 발언권을 높이려는 이들도 나타났습니다. 모두 길드를 설립할 때 힘을 보탠 사람들입니다. 그들은 길드의 운영에 직접적으로 관여하려 했지요."

김용우의 어깨가 축 쳐졌다.

"모두 제 불찰입니다. 길드가 커지고 인원이 늘면 신경 써야 할 것도 많아지는 게 사실인데 너무 안이하게 생각했습니다. 길드라는 형태로 존재하는 이곳이 정치판이 될 줄은 상상도 못했습니다. 어디서부터 손을 대야 할지 막막할 지경이니, 후우! 진절머리가 나서 서류더미에 파묻힌 생활이나 해나가고 있었습니다. 정말, 정말 죄송합니다."

김용우가 깊숙이 고개를 숙였다.

그 몸짓에 거짓은 없었다.

그는 스스로 학력이 안 됨을 시인한 적이 있었다.

그나마 거래를 할 줄 아는 눈과 입이 있어서 길드 마스터의 자리에까지 오를 수 있었지만 실질직으로 길드를 운영하는 건 처음 있는 일.

하여 잡음이 생기고 파벌이 나뉘었다. 눈치를 챘을 땐 늦었다.

어느새 정치판이 되어버린 길드 내에서 길드 마스터의 힘은 나날이 약해질 수밖에 없었다.

길드 하우스나 길드를 설립한 게 온전히 김용우의 힘이었다면 모르지만, 모두 공동으로 설립하고 공동으로 자금을 댔다.

어찌 보면 당연한 수순이다.

'길드가 커질수록 욕망이 일었겠지.'

처음에는 화목한 분위기였을 것이다.

소수의 인원으로 친목하며 공격대를 짜고 던전을 공략하는 자체에 큰 의미를 뒀을 게 분명하다.

하지만 천명회 길드는 대한민국 제일이란 타이틀을 거머쥐었다.

욕심이 많은 사람이라면 한 번쯤 건드려 볼 만했다.

아마도 전생에서 김용우가 길드 마스터의 직위를 잃게 된 것 역시 이와 비슷한 일 때문이었으리라 여겼다.

조금 더 뒤에 일어날 일이 앞으로 당겨진 것뿐이었다.

나는 잠시 생각을 정리하곤 물었다.

"유은혜와 이지혜는?"

김용우가 성심성의껏 설명했다.

"그대로 놔두면 제가 못 보는 사이에 험한 꼴을 당할 것 같아 집에 돌려보냈습니다. 탈퇴를 시킨 건 아니고 이 역시 보류 상태입니다. 둘 다 수습이었던지라……. 하지만 이제 주인님께서 돌아오셨으니 복귀시키겠습니다."

"그래야 할 것이다. 하면, 길드에 남은 문제는 그뿐인가?"

"예?"

"파벌을 만든 자들. 그들의 불협화음에 이 지경이 된 것 아닌가."

"마, 맞습니다."

분하지만 사실이었다. 김용우의 목소리가 떨렸다.

나는 무덤덤하게 말했다.

"데빌헌터 공격대의 부활을 알리고 내가 돌아왔음을 공지해라. 이후 문제가 되는 자들의 목록을 작성해 내게 건네면 될 것이다."

말이 끝난 즉시 김용우의 눈빛이 변했다.

내가 말하는 바, 의미를 확실하게 파악한 것이다.

적어도 김용우는 내가 다크 워리어를 잡는 걸 봤다.

오크 두 마리를 상대하는 실력 정도는 이미 초월했음을 알고 있었다.

안 그래도 누군가의 도움이 절실하던 차다.

그나마 힘 있는 자들은 모두 중립을 선언해 버렸다. 복잡한 일에 관여하기 싫다는 태도였다.

김용우는 무겁게 고개를 끄덕였다.

"알겠습니다."

"신규 인원 모집은 어떤 형식으로 이뤄지고 있지?"

숨길 것도 없었다. 김용우가 술술 답했다.

"오디션 형식으로 이루어지고 있습니다. 사회에 각성자들이 완전히 정착하게 된다면, 오락 프로그램으로 한 번 만들어 보는 것도 나쁘지 않을 것 같아서 먼저 실험해 보는 단계입니다. 흔한 음악 오디션 방송처럼 말이죠. 그런데 이건 왜……?"

김용우가 말하는 오디션의 뜻이 무엇인지는 나도 알았다.

길드 내에서 영향력 있는 이들이 주체적으로 참가할 텐데, 거기에 얼굴을 내미는 것도 나쁘지 않을 것 같았다.

인원 확충, 그로 인한 파벌 형성.

당연히 오디션에 그들의 시선이 집중되어 있을 것이다.

"특별 심사관 정도면 괜찮겠군."

"오디션 심사관으로 참가하시겠다는 겁니까?"

"불가능한가?"

김용우가 고개를 저으며 반색했다.

"아닙니다. 제 재량으로 한 명쯤은 넣을 수 있습니다."

"그럼 문제없겠군."

한쪽 입꼬리를 말아 올렸다.

깜짝쇼를 벌이는 것도 나쁘지 않을 듯싶었다.

본래는 데빌헌터 공격대의 회관이었던 2층의 넓은 홀.

그곳이 지금은 오디션장으로 꾸며지고 사용되는 중이었다.

심사관 다섯이 둥그런 흰색 탁자 위에 턱을 괴이고 앉아 있었는데 그들 모두가 천명회에서 난다 긴다 하는 유명인들이었다.

이 중 두 명은 TV에도 출현한 전례가 있어서 신입 모집 희망자들의 눈에 더욱 강한 열망이 피어났다.

"362번, 가지고 있는 스킬이 뭐가 있죠?"

심사관 중 한 명이 묻자 가슴에 362라 적혀 있는 명찰을 달고 있던 남자가 크게 답했다.

"노멀 등급의 멀리 뛰기, 익셉셔널 노멀 등급의 안력 증가입니다! 던전에서 누구보다 빠르게 마수들의……."

"됐어요. 멀리 뛰기를 한번 보여줄 수 있겠어요?"

"예, 가능합니다."

"해보세요."

넓게 자리 잡은 362번 남자가 숨을 크게 들이쉬더니 멀리 뛰었다.

약 6m가량을 뛴 남자가 보란 듯이 웃어 보였다.

충분히 좋은 수치지만 심사관들의 표정은 좋지 않았다.

"안력 증가 스킬을 테스트해 보죠. 제가 적은 이 글씨가 보이나요?"

심사관이 아주 작게 글씨를 적었다.

가까이서 봐도 안 보일 수준이다.

362번 남자가 시무룩한 표정으로 입을 열었다.

"……잘 안 보입니다."

"알겠습니다. 그런데 신체적 능력치가 조금 낮은 것 같군요. 스킬이 제대로 활용이 안 되는 것 같은데. 능력치 작성표에 적힌 게 거짓말은 아니겠죠?"

"아닙니다!"

"흠, 믿겠습니다. 다음 희망자분은 조금 기다려 주세요."

심사관 다섯 명이 채점표에 숫자를 적어 넣기 시작했다.

채점에 들어간 것이다.

스킬과 스킬 활용도, 각각의 능력치에 대한 신뢰도 등을 따져서 백 점 만점으로 기입하는 게 그들이 이번에 맡은 일이었다.

여기서 뛰어난 성적을 보이는 희망자가 있다면 2차 시험으로 들어간다.

코볼트와 고블린 중 하나를 선택해 싸우는 건데, 여기서도 합격하면 수습 길드원이 된다.

그런 이들에게 좋은 인상을 심어줘서 자신의 그룹에 끌어들이는 것도 다섯 심사관이 비밀로 맡은 역할 중 하나였다.

하지만 362번은 변변찮은 각성자였고, 당연히 신경 쓸 필요가 없었다.

"다음 363번, 칭호가 있군요? 걸걸한 욕쟁이?"

363번 역시 남자였다. 그가 머리를 긁적이며 말했다.

"하하, 제가 욕을 자주 하다 보니……."

"뭐가 됐든 칭호가 있다는 건 대단한 겁니다. 스킬도 특이하게 구성돼 있네요. 고성방가, 사기저하. 무슨 효과가 있죠?"

"그냥 고래고래 소리 지르고 욕 좀 하면 마수들이 잠깐 움찔합니다. 보여드릴까요?"

"사람에게도 효과가 있어요?"

"지능이 어느 정도만 되면 별 영향 안 받습니다. 대신 낮으면 울더군요."

"수위를 지켜서 약하게 부탁드려요."

이곳 홀에는 제법 많은 사람이 있었다.

대놓고 걸걸한 욕을 내뱉었다간 이곳에 모인 모두가 정신적인 타격을 입을지도 몰랐다.

"흠흠!"

목을 가다듬은 363번 남자가 욕을 내뱉었다.

"야! 이 시러배잡놈거지발싸개같은존만한새끼야!"

"호오."

"······?"

"한 번은 넘어갔지만 두 번째라. 대단한 자신감이군."

363번을 비롯한 모두의 눈이 입구 쪽으로 향했다.

그곳엔 길드 마스터 김용우와 창백한 인상의 한 남자가 서 있었다.

말을 꺼낸 건 남자 쪽이었는데 시니컬한 인상과 비웃는 듯한 입매가 시선을 잡아끄는 매력이 있었다.

심사관들은 길드 마스터보다 남자를 주시하고 있었다.

오히려 길드 마스터는 눈에도 안 들어온다는 듯이 행동했다.

"······!!"

동시에 그들의 눈에 경악이 가득 찼다.

귀신을 만날 때도 이보다 놀라진 않으리라.

'아, 씨. 좆된 거 같은데?'

낌새가 이상하게 돌아가자 363번은 눈살을 찌푸렸다.

저 남자, 입구에서 본 적이 있었다.

어디 보기만 했는가.

네 눈은 옹이구멍이냐며 거칠게 욕설을 내뱉던 이가 바로 363번이었다.

남자와 함께 있던 피부 까만 흑인이 길드원 셋을 박살 낼 때 이게 대체 무슨 일인가 싶기도 했지만, 남자가 길드 마스터를 대동한 채 오디션장을 찾은 건 정말 의외였다.

'저놈이 뭔데? 뭔데 그래?'

363번의 피가 급속도로 식어갔다.

나와 김용우의 오디션장 난입으로 분위기가 순식간에 돌변했다. 찬물을 제대로 끼얹은 느낌.

열댓 명의 가입 희망자와 다섯 명의 심사위원의 시선을 한몸에 받으며 나는 피식 웃어 보였다.

특히 심사위원들. 그들은 TV나 개인 방송국에도 몇 번이나 출현한 적이 있는 천명회의 간판스타들이었다.

지나가듯 본 게 전부이지만 반응을 살펴보니 내 등장이 썩 달갑지만은 않은 모양이었다.

아무래도 심사위원의 배정 역시 누군가의 입김이 작용한 것 같았다.

이래서 정치판이란 단어를 사용한 건가?

확실한 건 길드 내에서 김용우의 입지가 생각보다 적다는 것이었다.

"흠흠! 천명회 길드 마스터 김용우입니다. 갑자기 찾아와서 많이 당황하셨죠?"

두어 차례 헛기침을 내뱉은 김용우가 넉살 좋게 미소 지었다.

"길드 마스터!"

"와, 진짜 김용우 길마네. 실물로 보는 건 처음이야."

심사위원들과 달리 참가자들의 경우엔 신기한 듯 김용우를 바라봤다. 길드 내에서의 입지가 좋지 않더라도 그는 여전히 천명회의 길드 마스터였다.

현재 대한민국에서 가장 유명한 사람 중 한 명!

이어 김용우가 나를 소개했다.

"환영해 주셔서 감사합니다. 하지만 오늘의 주인공은 제가 아닙니다. 주인공은 바로 이분, 데빌헌터 공격대의 공대장 랜달프 브뤼시엘 님!"

김용우가 손을 뻗어 나를 가리키더니 이어서 말했다.

"1층을 공략할 때 참여한 12인 중 한 명이며, 가장 혁혁한 공을 세우신 대단한 실력자이시죠. 오크 두 마리를 혼자서 막아낸 건 길드에서도 유명한 일화! 특별 심사위원으로서의 자격을 충분히 갖춘 분입니다."

"잠깐만요, 길드 마스터. 사전에 공지 받은 내용엔 특별 심사위원에 관한 이야기는 없었습니다만?"

심사위원들의 표정이 급격하게 굳었다.

이제 백을 넘어가는 길드 내에서 심사위원으로 뽑혔다는 건 영향력이 있다는 증거였다.

그리고 후에도 계속해서 영향력을 끼칠 수 있는 방법이었다.

신입 길드원들은 모두 심사위원들의 얼굴을 기억하고 은연중 따를 수밖에 없는 탓이다.

한데 그 자리에 새로운 사람을 앉히겠다고?

그것도 데빌헌터 공격대의 공대장을?

말도 안 되는 일이다.

게다가 거의 휴지 상태였던 데빌헌터 공격대의 이름을 길드 마스터가 직접적으로 언급했다.

다시 부활시키고 정식으로 발표하겠다는 뜻.

그야 죽은 줄 알았던 공대장이 돌아왔으니 그럴 만도 했지만…….

현재 길드의 상황을 생각하면 악수(惡手)를 두는 것이라고밖엔 생각되지 않았다.

공대장이 아무리 강하다고는 하나 숫자 앞에는 장사 없는 법. 길드 마스터의 후광을 등이 입었다 해도 부족하다. 한 달 전이라면 모를까, 지금의 그는 좌초하는 나무배와 다를 게 없었다.

그러나 김용우는 넉살좋게 웃었다.

그라고 돌아가는 분위기를 모를까.

말하자면 데빌헌터 공격대는 김용우의 마지막 도박 카드인 셈이다.

이대로 가만히 있다가는 몇 달 뒤에 열릴 총회의에서 길드 마스터 자리를 박탈당할 판국이다.

아무런 저항 없이 내려오기엔 지금까지 쌓아온 게 너무나도 억울했다.

"오늘 막 결정된 사안이니 양해 바랍니다. 그리고 객관적인 평가를 하는 데 있어서 다섯 명으로 진행하는 것보단 여섯 명이 낫지 않겠습니까?"

심사위원들의 얼굴에 금이 가기 시작했다.

"우리가 제대로 평가를 못하고 있다는 뜻입니까, 길드 마스터?"

"천만에요. 하지만 데빌헌터 공격대의 공대장은 우리 길드 내에서 제일가는 실력자 아닙니까? 자격은 충분하다고 봅니다."

"대체 언제 적 얘기를……."

심사위원들은 비웃음을 흘렸다.

그들 중 1층을 공략할 때 함께 참여한 공격대원은 없었다. 하나둘 레어 등급의 스킬을 보유한 길드원이 나타나기 시작한 이상, 예전의 특혜는 말도 안 된다고 판단하는 게 그들이었다.

공대장 개인이 공격대원을 뽑을 수 있고, 데빌헌터 공격대에 참가한 대원들은 길드의 영향에서조차 자유롭다. 그런 주제에 길드의 혜택은 모조리 받는다.

실제로 데빌헌터의 특혜 역시 공대장이 보유한 레어 등급 스킬 때문이라고 대부분의 길드원이 인지하고 있었다.

이에 김용우가 슬쩍 나를 쳐다봤다. 내가 고개를 끄덕이자, 그가 더욱 짙은 미소를 지었다.

"여기 있는 심사위원분들은 1층을 공략할 때 공격대에 참가하지 못했으니 이해가 안 될 수도 있습니다. 좋습니다. 그럼 이렇게 하죠. 우선 제 권한으로 랜달프 공대장을 특별 심사위원으로 참석시키겠습니다. 이후 자격을 묻는 자리를 마련하겠습니다."

"그 자리란 건?"

평상시라면 결사반대를 외쳤겠지만 데빌헌터 공격대에 관한 사항이다.

길드원들 대다수가 반발심을 가졌던 이름. 들어볼 가치는 있었다.

"대회를 열까요? 일단 8명 정도로 구성된 공격대가 서로 치고받는 겁니다. 거기서 데빌헌터 공격대가 유지되느냐 사라지느냐를 판가름해 봅시다. 반대로 우승한 공격대와 공대장에겐 기존에 데빌헌터 공격대에게 주었던 특혜를 그대로 계승할 수 있도록 하는 겁니다. 이참에 랭킹제를 도입하고 길드 내에서 급수를 나누는 것도 좋을 거 같은데, 어찌 생각하시는지요?"

이왕 일을 벌일 거면 크게 벌려라!

그게 김용우의 인생지론이었다.

어차피 길드는 사분오열됐고, 그렇다면 아예 본격화해 보자는 이야기다.

나는 김용우의 의도를 알아채곤 혀를 찼다.

랭킹제의 도입이라?

이런 쪽으론 머리가 제법 잘 돌아가는 것 같았다.

내가 우승만 한다면, 단번에 힘의 추가 김용우 쪽으로 기운다. 경직된 길드 내의 분위기도 살릴 수 있는 데다가 입지를 굳힐 수 있는 절호의 수였다.

거기다가 급수가 나뉜다면 현재 편성된 힘의 균형도 무너질 수밖에 없었다.

급수만큼 직관적으로 강함을 보여주는 척도는 어지간해선 없었으니.

요는, 내가 우승을 하느냐 못하느냐의 도박이었다.

'도박거리조차도 되지 않는 일이군.'

나는 어깨를 으쓱했다.

그냥 대회를 열거면 개인전을 열어도 충분하다.

8명으로 편성한 건 잡음을 없애기 위함일 것이다.

김용우 딴에는 나 혼자서도 8명 정도는 상대할 수 있으리라 계산한 것이겠지.

그 역시 과소평가였지만 납득해 줄 수 있는 범위였다.

'이곳에서 임시 대원을 뽑아야겠어.'

그리고 심사위원으로 참여해서 나머지 인원을 뽑으라는 뜻이었다.

길드 내에서 나를 따를 자는 거의 없을 테니, 이곳에서 뽑을 신입들만이 유일한 길이었다.

이지혜와 유은혜, 크라스라를 더해도 네 명.

하지만 크라스라는 말이 나올 수 있었다. 밀어붙여야 그나마 크라스라 한 명을 더 추가할 수 있으리라.

나는 고개를 끄덕였다.

적당히 판을 벌려만 줘도 다행이라 생각했는데 그 짧은 시간에 용케 여기까지 계획했다.

'김용우에게 조금만 더 사교성이 있으면 좋았겠지만……'

사실 일이 이렇게 된 것도 김용우의 사교성이 부족해서다. 확실하게 자신의 편이라 할 사람들을 만들어 놨다면 이 지경에 몰리진 않았을 것이다.

웃기는 이야기지만, 너무 나만 바라본 탓이었다.

콩깍지라 하던가?

"정식으로 공지할 건가요?"

심사위원 한 명이 묻자 김용우가 긍정했다.

"당연하죠. 내일 아침 긴급회의를 열고 결정되는 대로 할 생각입니다. 그냥 미리 말씀드리는 겁니다. 당연히 이 이야기를 따로 누군가에게 전해도 상관없고요."

이 다섯 명의 심사위원은 각자 닿아 있는 선이 존재했다. 이들에게만 말해도 길드원 전부가 알게 될 터.

"좋아요. 그럼 그렇게 하죠."

"이의 없습니다."

다섯 심사위원 모두가 제안을 받아들였다.

한 가지 일이 일단락되었고, 김용우는 정식으로 다시 나를 소개했다.

"특별 심사위원, 데빌헌터 공격대의 공대장 랜달프 브뤼시엘 님입니다. 자, 박수로 맞아줍시다!"

짝짝짝!

김용우가 제일 먼저 손뼉을 쳤고 심사위원들이 마지못해 따랐다.

길드 모집에 참여한 희망자들은 꿀 먹은 벙어리가 되어 가만히 추이를 지켜보고 있었지만, 분위기에 편승해 박수를 쳤다.

"랜달프 브뤼시엘이다. 잘 부탁하마."

내가 던진 첫마디는 아주 묵직하기 그지없었다.

363번.

걸걸한 욕쟁이 칭호를 가진 남자.

나는 참가자들의 상태가 표기된 파일을 받고 옆에 따로 마련된 의자에 대충 앉아, 심안을 열었다.

이름 : 김춘원

직업 : 용사(음유시인)

칭호 :

*걸걸한 욕쟁이(R, 마력+4)

능력치 :

　힘 24

　지능 33

　민첩 35

　체력 36

　마력 38(+4)

　잠재력 (166/325)

흑이사항 : 없음

스킬 : 고성방가(N), 사기저하(Ex N)

"방금 날린 욕설은 사기저하 스킬인가?"

363번, 김춘원이 화들짝 놀라더니 고개를 끄덕였다.

"예? 아, 예. 그렇습니다. 스킬입니다. 결코 비방하려는
의도가……."

"고성방가 스킬은 뭐지?"

"노래입니다만……."

직업이 음유시인인 이유를 알 것 같았다.

"한번 불러봐라."

유일하게 나만이 그에게 신경을 쓰고 있었다.

다른 심사위원은 이미 김춘원에 대한 기대를 접은 상태
였다.

은연중 그런 분위기를 느꼈기에 김춘원이 자신 있게 가성

을 끌어 올렸다.

"흠흠! 서울 하늘~ 하늘 아래서! 내 꿈도 가까이 온, 켁, 다!"

일순간 목소리가 갈렸다. 목소리도 어찌나 큰지 몇몇 사람은 아예 귀를 틀어막았다.

다섯 심사위원이 한숨을 내쉬거나 이마를 짚었다.

더 볼 것도 없다는 표정들이었다.

이내 채점이 시작됐고, 나는 김춘원에 대한 평가를 내렸다.

스킬 활용도 만점, 능력치 신뢰도 만점, 인물평 만점!

기타 등등 사항에 전부 만점을 주고선 만족스러운 듯이 미소 지었다.

말도 안 되는, 지극히 주관적인 점수표였다.

원래라면 떨어져야 할 363번이 이로 인해 붙을지도 모르는 일이었다.

하지만 개의치 않았다. 오히려 그게 내가 바라는 바였다. 나는 떨어질 만한 이들만 골라 만점을 주고 끌어들일 작정이었다.

합격하거든 받은 점수가 공개되니 나를 따르지 않고선 못 배길 것이었다.

어차피 8명이란 숫자는 구실.

대충 맞추기만 하면 된다.

솔직히, 크라스라 한 명만 있어도 충분하니까.

내가 나설 필요도 없었다.

'나름 색다른 재미가 있군.'

인간들의 재롱을 보며 점수를 매긴다.

생각을 바꾸니 이것도 제법 재밌는 오락거리다.

나는 그 뒤로도 계속해서 지극히 주관적인 점수를 적었다.

Dungeon Hunter

천명회 1층 게시판에 한 장의 게시물이 붙었다.

빼곡한 글자뿐이었지만 모든 길드원의 시선을 사로잡기엔
충분했다.

바로 대회와 관련된 전단이었기 때문이다.

대회 이름, 천명회!

그야말로 천명회의 명운을 건 한판승부가 정확히 한 달 뒤
시민공원에서 벌어질 것이란 이야기였다.

참가 자격과 참가 인원 주의사항 등이 적혀 있었고, 동시
에 승자에게 주어질 특혜와 랭킹제의 도입, 급을 나눠 길드
를 운영할 거란 파란 가득한 내용들 또한 적혀 있었다.

급히 소집된 회의에서 즉석으로 발언된 안건이지만 물 흐
르듯 가볍게 통과되었다.

오디션장에서 김용우가 발언한 내용을 회의장에 참석한
모두가 이미 알고 있어서 가능한 일이었다.

다섯 심사위원들을 통해 전해진 것이다.

어찌 보면 안건이 통과된 건 당연했다.

길드가 커질수록 실력을 뽐내고 싶은 이가 많아졌다. 던전에 가는 것만으로는 채울 수 없는 갈증이 있었다. 당연히 은근하게 바라던 기회였다.

자신의 실력이 저평가 되고 있다고 믿는 사람들, 이제 막 길드에 들어와 기회를 얻지 못한 신입들, 입지를 넓히길 바라는 길드원들 모두가 동참했다.

게다가 눈엣가시 같았던 데빌헌터도 참가한다니 더욱 투지를 불태울 수밖에 없었다.

시간이 흘러 일주일가량이 지났을 즈음.

천명회에 소속된 길드원 모두가 대회 이야기로 뜨거웠다.

하지만 게시물을 본 이들의 반응은 한결같았다.

"8명? 그러면 우리가 최강이네. 다 기존 멤버들뿐이잖아."

"이번에 회유한 신입 두 명이 무서운 실력자지. 이건 뭐 게임이 안 되겠어."

"김태환 리더, 이참에 공대장으로 활약하시죠? 지옥 훈련을 함께한 저희라면 우승은 따 놓은 당상 아닙니까?"

그리고 그들 중 누구도 데빌헌터의 활약을 기대하는 이는 없었다.

길드 하우스 입구에서 신규 길드원 3명을 쓰러뜨린 크라스라라는 흑인과 공대장 랜달프가 있긴 했지만 나머지 여섯이 모두 어중이떠중이였다.

레어 등급 스킬의 보유자와 실력 있는 각성자가 합세한다면 두 명 정도는 충분히 어찌할 수 있다는 게 사람들의 계산이었다.

떨거지, 풋내기 여섯은 애초에 계산에 넣지도 않았다. 그런 막장 구성으로 뭔가 일을 낼 수 있으리라곤 도저히 생각할 수 없는 것이다.

Chapter 11

단체 훈련

Dungeon Hunter

오디션 형식의 신입 모집이 진행된 지 정확히 일주일이 지난 시점. 결과 발표가 나고 바로 그다음 날, 나는 데빌헌터의 소집을 명했다.

'구색은 갖췄군.'

크라스라와 나를 포함한 여섯 명이 이른 아침 길드 하우스 앞에 집결했고, 나는 이번에 새롭게 들인 인물들을 바라보며 고개를 끄덕였다.

이 중 네 명은 신입이다. 이번 신입 모집에 합격한 자들이었다.

발표된 지 하루 만에 이렇게 모일 수 있었던 이유는 누구보다 빠르게 합격자 명단을 손에 넣을 수 있었기 때문이다.

덕분에 미리 작업을 해놓는 게 가능했다.

네 명 모두 내가 높은 점수를 불러 떨어지기 직전에 합격한 각성자.

나를 따라 데빌헌터 공격대에 소속되는 건 당연한 절차였다. 비록 임시지만, 그게 어딘가.

이들로서도 나쁜 일은 아닐 터였다.

"공대장님, 유은혜와 이지혜라는 년…… 아, 아니, 분들이 오시긴 하는 겁니까?"

네 명의 임시 단원 중 한 명이 말했다. 바로 김춘원이었다. 음유시인에 걸걸한 욕쟁이 칭호를 가지고 있었던 남자.

이제 이십 대 초중반 정도로 보이는데 욕이 하도 입에 붙어서 지금처럼 말실수를 할 뻔할 때가 많았다.

"온다."

하나 나는 짧게 답하며 고개조차 돌리지 않았다.

유은혜와 이지혜가 도착해야 대회 참가 기준인 8명이 완성된다.

구색이 갖춰지는 순간 우승은 따 놓은 당상이었다.

게다가 김용우의 말에 따르면 이번 대회는 규모가 상당할 것이라 했다.

최초로 랭킹제를 도입해 각성자의 급을 나누는 계기가 되리란 소리도 덧붙였다.

그렇다면 일단 위에 올라가 있을 필요가 있었다.

대한민국 최강을 자처하면 양질의 각성자를 손에 넣는 일이 보다 수월해질 것이었다. 아예 드러내고 활동을 하지는 않겠지만 타이틀은 제법 중요하다.

인간들은 겉으로 보이는 걸 중시하니까.

최강이란 타이틀, 그 하나만으로도 인간들을 부추겨 내가 원하는 대로 움직이는 게 불가능하진 않으리라.

"공대장님!"

예상대로 말을 꺼낸 지 3분이 채 되지 않아 두 여인이 모습을 드러냈다.

유은혜와 이지혜다.

동시에 네 명의 신입이 침을 꿀꺽 삼켰다.

보브컷의 유은혜는 발랄하며 귀여움이 넘쳤고, 이지혜는 이름처럼 지적인 아름다움을 풍기고 있었다.

보기 드문 미인이니 남자들의 시선이 가는 것도 당연했다.

유은혜는 살짝 눈물을 글썽거리며 달려와 나를 끌어안았다.

찌릿! 찌릿!

순간 느껴지는 전류.

유은혜의 패시브가 발동가 발동하고 있었다.

이제는 간지럽지도 않았다.

나 역시 뇌신공을 익혔다. 비록 뇌신은 잠이 든 상태이나 몸에 깃든 전력은 여전했다.

오히려 출력량 자체는 내가 압도적으로 높았기에 유은혜

의 패시브가 기를 못 펴는 상황이었다.

"살아 계실 줄 알았어요!"

그러거나 말거나 유은혜는 내 정장에 눈물을 닦았다. 함께 여러 번 던전을 오가며 유은혜도 나를 어려워하지 않았다. 아무래도 유일하게 패시브에 영향을 받지 않다 보니 나에 한해선 솔직한 감정을 마구 드러내곤 하였다.

"돌아오셨군요."

이지혜도 자못 반가운 표정이었다.

그간 잠을 못 잤는지 화장으로도 미처 못 가린 다크서클이 눈에 띄었다.

"잘 지냈나?"

"덕분에요."

"우선 자리를 옮기지."

이로써 여덟 명 전원이 모였다.

나는 억지로 유은혜를 떼어낸 뒤, 이들을 이끌고 미리 예약한 근처 카페로 이동했다.

건물 2층에 자리한 고급스러운 카페 안.

그 중심에 있는 넓은 테이블을 사이에 두고 여덟 명이 자리 잡았다.

테이블 위에는 커피나 음료수, 수제 케이크 등이 놓여 있었다. 전날 예약해 오늘 하루를 통째로 빌렸는지라 카페 안에 있는 사람이라곤 카페의 오너를 비롯한 아홉이 전부였다.

오너를 제외하면 데빌헌터 공격대의 대원만 있다고 봐도 좋았다.

"이야, 역시 공대장님! 클라쓰가 다르시네!"

김춘원이 호들갑을 떨었다.

반대로 유은혜와 이지혜, 크라스라는 당연하다는 반응이었다. 고작 카페 하나를 전세 내는 것쯤은 어려운 일 축에도 끼지 않았다.

소란이 가라앉은 후, 나는 차갑게 말했다.

"궁금한 점이 많으리라 생각한다. 하지만 우선 말할 건, 나는 너희들을 데리고 이번 랭킹전에 참가할 생각이라는 것이다. 그리고 당연히 나는 너희들에게 기대하는 바가 없다."

유은혜야 던전에 들어가기 전에 나름 훈련을 시켰는지라 논외지만 이번에 들인 신입 네 명은 떨거지 그 자체였다.

부족한 숫자를 채우려는 도구…….

한 번 사용하고 버릴 것들에게 무슨 기대를 하겠는가?

물론 잠재력이 평균치보다 높거나, 특수한 스킬 혹은 칭호를 가진 이들만 엄선하여 고르긴 했다.

우승한다면 데빌헌터 공격대가 대대적인 비상을 할 텐데, 지금 정식으로 공격대에 가입된 이라고 해봤자 넷이 전부였다.

그래선 정규 공격대라 칭하기도 미안한 숫자다.

하여, 나는 신입들을 한동안 지켜보며 임시로 편입시킬 셈이었다.

대회가 끝난 이후에도 일정 기간 임시 대원으로 활동해 구색 갖추기에 이용할 체스판 위의 말들.

두각을 드러내는 이라면 정식 대원으로 채택하겠지만 솔직히 큰 기대는 없었다.

신입들의 표정이 단번에 똥 씹은 것처럼 찌푸려졌다.

"공대장님, 말씀이 너무 심한 거 아닙니까?"

"섭섭합니다. 저희도 나름 한가락 한다는 각성자들인데요."

신입들이 불만을 쏟아냈다.

유은혜와 이지혜는 내 실력을 어느 정도 알기에 입을 닫고 있었다.

"내가 아니었다면 떨어졌겠지만 말이지."

"……."

신입들이 꿀 먹은 벙어리가 되었다.

나는 차게 웃으며 마저 이야기했다.

"하나 데빌헌터의 이름을 단 이상 허투루 참가시킬 수는 없는 노릇. 기본적인 실력은 갖춰야 한다. 해서 내일부터 3주간 너희들을 훈련시킬 것이다. 이건 확정된 사안이며, 피치 못할 사정이 있거든 지금 말해라."

카페 안은 조용했다.

"없는 모양이군."

아메리카노를 한 모금 입에 머금으며 잠시 향을 즐겼다.

전원의 참가가 결정되었으니 급할 건 없었다. 크라스라와 나만 있어도 충분하지만, 그래선 안 된다.

우리 둘의 실력은 인정받겠지만 데빌헌터 공격대 전체가 인정을 받을 순 없다. 그럴 바엔 적당히 나머지 인원도 훈련을 시켜놓을 필요가 있었다.

나는 잔을 내려놓고 좌중을 훑었다.

그때 이지혜와 눈이 마주쳤고, 잘됐다는 듯 그녀가 질문했다.

"공대장님, 랭킹전에 대해서 오기 전에 대충 듣기는 했는데 정확하게 설명해 주실 수 있을까요?"

어차피 말해줄 내용이었기에 나는 대수롭지 않은 태도로 입을 열었다.

"랭킹전 자체는 단순하다. 여덟 명이 모여 상대 공격대를 쓰러뜨리면 되지. 순위에 따라 등급을 부여받게 된다. 하지만 대국적으로 보자면 이번 랭킹전은 천명회에만 국한되는 일이 아니다. 국내 유명 길드들이 지켜보는 가운데 진행되고 차후 국내 각성자들의 등급을 매기는 데에도 큰 영향을 줄 터."

꿀꺽!

신입들의 표정이 단번에 굳었다.

랭킹전의 규모나 다른 유명 길드들이 주시한다는 이야기는 그들도 처음 듣는 말이었다.

"······무조건 이겨야겠네요."

내가 말한 내용의 의미를 파악한 이지혜가 한숨을 푹 내쉬며 말했다.

"그런데 옆에 계신 과묵한 분은 누군가요, 공대장님?"

때마침 가만히 크라스라를 지켜보던 유은혜가 물었다.

웬 피부 까만 사람이 껴 있으니 궁금할 법했다.

"너희들을 훈련시킬 크라스라다. 주 무기는 창이지만 다른 병기술에도 능하지."

"반갑다. 크라스라다."

처음으로 크라스라가 입을 열었다.

단원들의 눈이 크게 떠졌다.

한국어로 말을 할 수 있다는 것도 놀랍지만 그보다는 목소리 자체가 워낙에 미색이었다.

다크 엘프들은 목소리가 아름다운 경우가 많았는데, 크라스라 역시 그러했던 것이다.

"와! 목소리 엄청 멋있으시다!"

유은혜가 솔직한 의견을 가감 없이 말했다.

"실력은 확실한 겁니까? 영 부실해 뵙니다만!"

하지만 목소리는 목소리고 실력은 실력이다.

김춘원이 어깨를 으쓱했다. 말마따나 크라스라의 겉모습

은 상당히 호리호리해 보였다.

이 또한 다크 엘프의 특성이었다. 격하게 운동을 해도 살이 찌지 않고, 근육도 잘 붙지를 않는다.

크라스라는 미동도 하지 않았다.

욱하여 발끈할 법도 한데 목석같은 그 자세에 다른 이들이 혀를 내둘렀다.

나는 피식 웃었다.

"그건 내일 확인할 수 있을 것이다."

오늘 하루가 지나면 저따위 말은 절대로 할 수 없을 것이었다. 김춘원 만 명이 있어도 크라스라 하나만 못하니까.

나는 이후 느긋하게 통성명하는 시간을 가졌다.

금세 분위기가 화기애애해지고 간간이 웃음소리가 튀어나왔다.

하지만 내 귀에는 벌써부터 그들의 비명 소리가 들려오는 듯했다.

Dungeon Hunter

강원도 춘천의 한 펜션.

뒤로는 푸른 산과 졸졸 흐르는 강이 존재하고, 앞으로는 잘 정돈된 야외 활동지가 구비되어 있는, 절호의 훈련 장소에 데빌헌터 공격대가 도착했다.

맑은 공기와 광활한 자연의 기운에 모두가 '우와!' 하고 소리를 내지르며 여장을 풀었다.

하지만 좋은 시간은 금세 지나가게 마련이었다.

여장을 푼 뒤 활동하기 편한 옷으로 갈아입고 야외 활동지에 나온 순간, 그들의 지옥은 시작되었다.

붉은 창을 들고 신입 대원들을 맞이한 크라스라!

그가 무표정하게 말했다.

"무기를 들고 덤벼라."

"저게 뭐라는 거야?"

김춘원은 음유시인이지만 단도를 허리춤에 착용하고 있었는데, 다른 대원도 모두 각자의 무기를 지참한 상태였다.

"먼저 너희들의 실력을 보겠다. 그리고 만약 내게 상처를 입히는 사람이 있다면 앞으로 있을 훈련에서 제외시켜 주겠다!"

"참 나! 저거 웃기는 놈이네."

김춘원이 단도를 꺼내 혀로 핥았다.

나이가 많지는 않으나 인상 하나는 가장 악질적이었다. 그 행동 하나로도 위압감을 가져다줬다.

물론 크라스라는 여전히 무표정했다.

"흥분하지 마세요. 공대장님이 직접 지목하신 분이니 실력이 만만치 않을 거예요. 제가 먼저 마법으로 간을 볼 테니……."

이지혜가 냉정하게 상황을 분석하려고 했다.

그러던 와중 갑자기 김춘원은 윗옷을 벗더니, 광기에 찬 눈을 번들거리며 앞으로 달려 나갔다.

"건방진 새끼! 한번 죽어봐라, 이 새끼야!"

상체 곳곳에 새겨진 칼자국들!

김춘원은 기세등등하였다.

단도를 핥는 첫 번째 퍼포먼스는 크게 영향을 미치지 못한 것 같았다.

하지만 이 몸을 보고 쫄지 않은 사람이 없었다. 하물며 단도를 들고 달려드는데 어느 누가 기겁하지 않을 수 있겠나.

하나, 그는 크라스라를 몰라도 너무 몰랐다.

빠악!

"케헥!"

김춘원이 달려오던 관성 그대로 떠올라 360도를 정확히 돈 후 바닥에 떨어졌다.

크라스라가 창대로 강하게 다리를 밀어버린 것이다.

"흥분하지 말라니깐……."

이지혜가 한숨을 푹 쉬었다.

이내 크라스라가 태풍처럼 거세게 움직이기 시작했다.

"모두 준비하세요! 워터 스피어!"

촤학!

그녀의 직업은 물의 마법사.

이지혜가 지팡이를 들어 날린 워터 스피어를 크라스라가

정면에서 부숴 버렸다.

그를 기점으로 나머지 대원 세 명이 정신을 차리며 무기를 들었지만 이미 한발 늦었다.

빠악! 빠악! 빠악!

정확히 가죽 터지는 세 번의 소리가 울려 퍼진 뒤 서 있는 사람은 이지혜와 크라스라뿐이었다.

그야말로 눈 깜빡할 사이에 일어난 일!

압도적이란 말도 부족한 상황이다.

잠시 멍한 표정을 짓던 이지혜가 이내 싱긋 웃더니, 지팡이를 내려놓으며 양손을 올렸다.

"항복."

동시에 이 자리에 없는 한 명을 떠올리곤 혀를 잘근잘근 씹었다.

'이 요망한 것, 이년은 어디를 간 거야?'

공대장과 함께 따로 나간 유은혜. 지금 이 순간만큼은 그녀가 부럽기 짝이 없었다.

그런 이지혜를 바라보며 크라스라가 혀를 찼다.

"형편없군!"

같은 시각.

나는 유은혜와 함께 산기슭 계곡에 와 있었다.

"물이 맑아요. 공대장님, 이것 좀 보세요."

유은혜가 계곡에 졸졸 흐르는 물을 보곤 신이 나서 재잘거렸다.

본래라면 지금쯤 신규 대원과 함께 훈련을 받고 있어야 했지만 그보다 먼저 해야 할 일이 있다고 판단하여 제외시킨 것이다.

바로 그녀의 패시브 스킬 '전류(N)'의 파장을 맞추는 일이었다.

내가 익힌 뇌신공이라면 능히 가능하리라 여겼다.

무엇보다 이 계곡은 뇌속성의 마력이 아주 풍부한 곳이었다.

보통 삼면 이상이 막힌 계곡은 번개가 칠 때 그 기운을 제대로 방사하지 못하고 품는 경우가 많았다.

높은 확률로 그러리라 예상하고 찾아왔는데 역시나 정답이었다.

계곡이 잔류한 뇌속성 마력을 끌어 모으면 제대로 시너지 효과를 낼 수 있을 듯했다.

"유은혜, 놀러온 게 아니다."

"헷! 알고 있습니다! 그런데 왜 저만 데리고 오신 건가요?"

장난스럽게 웃으며 유은혜가 물었다.

둘이서만 던전을 여러 차례 들어간 적도 있으니 따로 의심을 하는 기색은 없었다.

나는 대수롭지 않게 말했다.

"지금부터 너의 전류 스킬을 손볼 것이다."

"제가 가진 패시브 스킬을요?"

유은혜가 고개를 갸웃거렸다.

숨길 것도 없는 지라 사실대로 얘기했다.

"최근 전격 스킬 하나를 익혔다. 그 스킬이라면 네가 가진 전류의 파장을 맞추는 게 가능할 것 같다. 그러면 멋대로 패시브가 발동하는 경우는 사라질 거다."

"정말요? 그럼 이제 같은 전격 스킬 사용자네요! 아, 이렇게 아니지. 제가 어떻게 하면 될까요, 공대장님? 무협 소설에서처럼 손목을 내밀면 되나요? 아닌데. 그럼 굳이 이런 장소에 찾아올 필요는 없을 것 같은데."

기쁜 표정으로 속사포처럼 말을 뱉어내는 유은혜였다.

나는 유은혜의 얼굴을 빤히 쳐다보다가 입을 열었다.

"우선, 벗어라."

"아, 그러니까 벗으면 되는군요. 벗으면……."

한참이나 그 의미를 곱씹던 유은혜가 깜짝 놀라 물러섰다.

직후 양손으로 가슴을 가리며 나를 노려보았다.

"그렇게 안 봤는데 실망이에요, 공대장님!"

"무슨 소리를 하는지 모르겠군. 나는 네 몸에 관심이 없다."

사실대로 말했다.

유은혜가 인간 기준에선 아름답다고 하나 크리슬리에 비

할 바는 아니다.

몸매 역시 마찬가지고.

병색이 짙을 때조차 우월한 몸매를 보이던 크리슬리였다.

물론 미의 기준은 다르다. 둘이 가진 매력 또한 판이하다 지만 굳이 억지로 손을 댈 필요성을 느끼진 못했다.

하물며 나는 색을 밝히지도 않았다. 바란다면 취하겠으나 그뿐이었다.

유은혜가 어리둥절한 표정을 지어보였다.

"그럼 왜 벗으라는 건데요?"

"전류가 몸의 겉을 타고 흐르는 모습을 자세히 살펴볼 필 요가 있다. 파장을 맞춘다는 건 그런 것이다. 겉과 안, 양쪽 모두를 신경 써야 하지."

"그럼 계곡에 온 거는요?"

"뇌속성의 마력이 풍부하더군. 네 전류 스킬이 더 극대화 될 수 있는 장소라고 생각했다. 이제 됐나?"

"되긴 했는데요. 설마 속옷까지 벗어야 하나요?"

"속옷은 됐다. 전류가 흐르는 방향만 살펴보면 그만이니."

굳이 전체를 볼 필요는 없었다. 신체가 삼분의 이 정도만 드러난다면 충분히 방향을 살피고 파장을 맞춰볼 수 있었다.

유은혜가 그제야 의심의 눈초리를 풀었다. 가슴을 가린 손 도 내려놓았다.

"에이, 다짜고짜 벗으라고 하셔서 놀랐잖아요."

"내가 네 몸에 욕정을 느낄 일은 없을 테니 걱정 마라."

"헐……. 그건 좀 경우가 다릅니다, 공대장님?"

"시답잖은 농담은 되었다."

'농담이 아닌데……'라고 작게 중얼거린 유은혜가 한숨을 푹 내쉬었다.

아주 비수가 사정없이 허파를 쑤시는 기분이었다.

그래도 어쩌겠는가. 공대장이 까라면 까야 하는 존재가 대원이란 존재인 것을!

유은혜는 힐끗 나를 쳐다보다가, 자신의 몸을 내려다보다가, 다시 나를 쳐다보는 행위를 몇 번 반복하더니 눈을 꾹 감았다.

그리고 천천히 후드티를 아래서부터 말아 올렸다.

곧 매끈한 나신이 드러났다.

살짝 갈비뼈가 비칠 정도로 마른, 바비 인형에서 가슴만 없는 그런 몸매였다.

흰색의 속옷 한 장만 달랑 남아 어쩐지 애처로워 보이기까지 했지만, 이내 모든 것을 포기했는지 아예 당당하게 양손을 허리에 얹은 유은혜였다.

"흠흠, 감상평을 들어볼까요?"

"가슴이 많이 아쉽군."

"……그거 굉장히 미안하네요! 가슴이 작아서 죄송합니다! 제가 아주 죽일 년입니다! 그래도 조금은 돌려서 말해줄

줄 알았는데!"

유은혜가 자리에 주저앉아 엉엉 우는 척을 했다.

나는 그런 유은혜의 등을 발로 밀었다.

풍덩!

"어푸! 어푸! 이, 이게 뭐하는 짓이에요!"

계곡물에 빠진 유은혜가 강력하게 항의했지만 나는 들은
체도 하지 않았다.

"시끄럽다. 네 몸이나 살펴봐라."

"네? 헉!"

지지지직!

계곡을 타고 흐르는 강력한 전류!

유은혜의 몸에 흐르는 전류와 계곡에 잠재하던 뇌속성의
마력이 한데 어우러져 광범위한 효과를 보이고 있었다.

"어, 어떡하죠? 이걸 어쩌면 좋아!"

크게 당황한 유은혜가 몸을 들썩이며 방황했다.

"정신 사나우니 가만히 앉아 있어라."

"들어오지 마세요! 아, 안 돼요, 공대장님! 이거 장난 아니
라니까요! 아무리 공대장님이라도……."

나는 뇌신공을 운용하며 계곡물에 발을 담갔다. 그리고 아
무런 영향도 없다는 듯 유은혜에게 다가갔다.

유은혜가 멍하니 나를 바라봤다.

무덤덤하게 말했다.

"말했을 텐데, 전격 스킬을 익혔다고."

"그, 그랬죠? 대단하시네요, 공대장님⋯⋯."

"지금부터 파장을 맞추는 작업에 들어간다. 가만히 눈을 감고 네 스킬에 집중해."

"충성. 명 받들겠습니다."

순식간에 긴장이 풀렸는지 유은혜가 우스갯소리를 늘어놓았다. 나는 눈을 감은 유은혜의 배 위에 손바닥을 가져다 대었다.

"흑!"

"조용히."

유은혜가 입술을 꾹 깨물었다.

나는 가만히 뇌신공으로 쌓아올린 전력 중 일부를 유은혜의 몸에 흘려 넣었다.

뇌신이 깨어 있다면 알아서 해줄 테지만, 지금 녀석은 배 터지게 마력을 먹고 잠에 빠진 상태다. 어쩔 수 없이 모두 수작업으로 행해야 할 듯싶었다.

'생각보다 어렵진 않겠군.'

전류 스킬이 폭주한 탓일까? 유은혜의 몸을 도는 전류의 방향이 또렷이 보인다.

나는 전류의 방향이 엇나간 것들을 바로잡았다. 한쪽으로 순환해야 정상인데 마구잡이로 돌고 있었다. 패시브 스킬이라지만 아예 조절할 수 없는 건 바로 이 방향들이 엇나간 탓이다.

이것만 바로잡아 줘도 어느 정도 조절하는 게 가능할 것이다.

"수도꼭지를 상상해라. 비틀기에 따라 방출되는 물의 양이 적어지기도 많아지기도 하는 것처럼 네가 가진 스킬도 충분히 조절할 수 있다. 지금부터 비트는 느낌을 알려줄 테니 제대로 기억하고 느끼도록."

여기에 그치지 않고 나는 유은혜에게 전류를 움직이는 느낌을 전해 주었다.

전류를 조절하게 만드는 시기를 더욱 당겨줄 방법이었다. 아예 모르는 것과 조금이라도 아는 것의 차이는 천차만별. 이후의 성취는 오로지 유은혜에게 달려 있었다.

'스킬 등급이 오를 수도 있겠지.'

유은혜는 번개 정령의 가호를 받았다.

스킬을 변화시키거나 등급을 올리는 게 불가능하지는 않을 터.

나는 내심 기대하며 작업에 박차를 가했다.

Dungeon Hunter

"흔히들 공격하는 이의 어깨를 보라고 말한다. 맞는 말이다. 무기를 휘두르기 직전엔 어깨가 움직이는 법이지. 하지만 더욱 확실한 건 상대의 눈을 보면 된다. 그 미묘한 차이를 인지할 수 있다면 승리는 너의 것이다."

"상대가 공격과 방어를 전환하는 지점이 분명히 존재한다. 파악하라. 치고 빠지기가 더욱 수월해진다."

"연계. 너희에게 필요한 건 바로 연계다. 하나하나가 형편없기에 몰아쳐야 그나마 강자를 상대할 수 있다."

크라스라의 명강의였다.

이후 크라스라는 모든 대원을 한자리에 모아놓고 각자가 사용하는 무기를 진단했다.

"너는 손이 크나 팔이 짧다. 바스타드소드와 같이 두꺼운 검이 어울린다."

"손목의 유연함이 부족하군. 활잡이에겐 치명적인 약점이지. 차라리 쇠뇌를 드는 게 어떤가?"

"……음유시인이 왜 단도를 들고 있는 거냐? 호신용? 차라리 하프를 들고 상대를 가격해라. 그게 더 낫겠다."

마법에 관한 지식이 얕아서 유은혜와 이지혜를 지적하는 건 넘어갔다.

다음 날 대장장이들이 도착하여 신체의 치수 등을 재더니 맞춤 무기 제작에 들어갔다.

무기는 정확히 삼 일 후 도착했고 그 즉시 크라스라와의 무자비한 대련이 마련되었다.

"다 같이 덤비도록. 특별히 너희의 수준에 맞춰서 움직여

주겠다. 하지만 조건은 동일하다. 내게 상처를 입히는 사람이 있다면 모든 훈련에서 제외시켜 주마!"

하기 싫다고 하지 않을 수가 없었다.

하루하루가 지옥 같은 훈련의 연속이었고 거기서 해방될 수 있다면 무엇이든 못 하겠는가.

게다가 수준을 낮춰준다면 가능성이 아예 0은 아니었다.

모두가 두 눈을 활활 불태우며 무기를 들었다.

퍽! 퍼억!

하지만 여전히 가죽 터지는 소리가 요란했다.

모두가 아프고 지쳐서 바닥에 대(大)자로 뻗어 있으면, 크라스라는 대련의 품평을 뱉고는 하였다.

"내 수를 읽는 건 좋았다. 그러나 너무 빠르게 반응했다! 그러면 적이 판단할 시간을 주게 된다."

"김춘원, 넌 그냥 답이 없다. 총체적 난국이다. 마스터에게 폐를 끼칠 바엔 빠른 자살을 추천한다."

"마법사들은 왜 동료를 믿지 못하는가! 그들이 훌륭한 방패막이 역할을 제대로 해줄 것이라고 생각하여 마법을 구사해야 하지 않나. 그야 믿지 못할 법하지만 조금 더 믿어 보도록."

다음 날, 그다음 날, 그 그다음 날에도 대련은 계속됐다.

결국 한참을 얻어터진 신입 대원들이 열을 냈다.

"이건 사기다! 이게 어떻게 우리랑 비슷한 수준이란 거냐!"

"우리가 동네북이냐! 이리 터지고 저리 터지고!"

"으헤헤! 으헤헤헤!"

김춘원은 반쯤 실성해 버렸다.

유독 크라스라가 김춘원을 힘들게 굴린 것도 한몫해서 정신이 정상과 점점 멀어졌다.

자다가도 크라스라의 '크'자만 들리면 경기를 일으키며 일어날 수준이니 두말해 무엇하랴.

물론 김춘원에게 국한된 것만은 아니었다.

그들이 배우고 있는 건 바로 강자를 상대하는 법.

고된 게 당연했다.

그렇게 크라스라가 단원들을 몰아붙이고 사라지면 그다음은 랜달프 브뤼시엘 공대장의 차례였다.

"전기 마사지 시간이군."

단원들의 안색이 하얘졌다.

대련이나 단련이 죽을 만큼 힘들긴 하지만 죽지는 않는다.

하지만 저 전기 마사지라는 것은 달랐다.

진짜 죽을지도 모른다는 공포감!

그냥 죽었으면 좋겠다고 생각할 정도의 고통!

두 가지가 공존하는, 전기 마사지가 아니라 지옥 마사지라 부르는 그것.

가장 먼저 타깃이 된 건 운이 나쁘게도 김춘원이었다.

"마음 편히 가져라."

위대한 공대장의 입에서 가장 끔찍한 말이 나왔다.

마음 편히 저세상으로 가라는 건가?

김춘원이 본능적인 두려움에 몸을 돌려 뛰었지만, 어디선 가 나타난 크라스라가 그를 낚아채 다시 돌려보냈다.

울며 겨자 먹기로 김춘원이 포기해야 했다.

사실 전기 마사지 자체는 별게 없다.

등에 손을 댄 채 전력을 흘려 넣어 몸의 근육을 풀어주는 게 전부다.

하지만 문제는 그 뒤에 찾아오는 고통으로 얼룩진 시간이 었다.

"끄르르르르!"

가뜩이나 상태가 좋지 않았던 김춘원의 입에 게거품이 물 렸다.

공대장이 의아함에 입을 열었다.

"평소보다 적게 흘렸는데 뭔가 이상하군."

하지만 의아함은 순식간에 끝났다.

"다음."

누구 하나 나서는 이 없었다. 서로의 눈치를 보기 바쁘다.

김춘원의 모습이 자신들의 미래라고 생각하니 암담하기 그지없었다.

하지만 그들은 새장 속의 새, 실험실의 생쥐다. 도망갈 구 멍은 존재하지 않았다.

그러나 딱 한 명.

그들과 전혀 사정이 다른 이가 있긴 있었다.

바로 유은혜였다.

"아, 시원해!"

유독 그녀만은 전기 마사지에서 자유로웠다.

전격계 스킬 때문이리라고 예측만 하고 있었다.

모두가 부러움 반, 시기 반, 질투 반으로 그녀를 쳐다봤다. 그럴 때면 유은혜는 어색하게 웃어 보일 따름이었다.

그렇게 짧다면 짧고 길다면 긴 3주의 시간이 빠르게 흘러갔다.

Dungeon Hunter

오늘은 훈련의 마지막 날.

모두의 기분이 들떠 있었다.

지옥과 같은 일상에서 드디어 해방된다 생각하니 마냥 미소가 떠나질 않았다.

그리고 나는 마지막으로 성장치를 점검하는 시간을 가졌다.

심안을 열어 상태창을 살피는 것이었다.

가장 먼저 유은혜를 바라봤다.

이름 : 유은혜

직업 : 용사(번개의 마법사)

칭호 :

　*번개를 열 번 맞은(R, 마력+4)

능력치 :

　힘 28

　지능 56

　민첩 26

　체력 25

　마력 55(+4)

　잠재력 (190(+4)/423)

특이사항 : 번개 정령의 가호를 받고 있습니다. 수없이 번개를 맞
　　　　　 은 탓에 임맥(任脈)과 독맥(督脈), 생사현관(生死玄關)이
　　　　　 강제 타통된 상태입니다.

스킬 : 라이트닝 볼트(Ex N), 전력강화(R, Passive)

[전후 비교]

　힘 20 지 44 민 15 체 14 마 49 잠재력 (138(+4)/423)

　힘 28 지 56 민 26 체 25 마 59 잠재력 (190(+4)/423)

고작 수개월.

처음 상태창을 떠올렸을 때와 비교하면 그야말로 괄목할

만한 성장을 보였다.

　게다가 라이트닝 볼트의 등급이 반 단계 상승하고, 전류 스킬이 전력강화 스킬로 변화하며 등급이 올랐다.

　특히 전력강화의 경우 전격계 스킬의 효율을 증대시켜 주는 매우 꿀 같은 패시브였다.

　고개를 돌려 이번엔 이지혜에게 시선을 옮겼다.

　그녀 역시 상당한 성장세를 보였다.

이름 : 이지혜

직업 : 용사(물의 마법사)

칭호 : 없음

능력치 :

　힘 24

　지능 44

　민첩 23

　체력 29

　마력 48

　잠재력 (168/277)

특이사항 :

스킬 : 워터 스피어(N)

[전후 비교]

힘 22 지 41 민 18 체 26 마 35 잠재력 (142/277)

힘 24 지 44 민 23 체 29 마 48 잠재력 (168/277)

던전에서 처음 만났을 때와 비교하면 꽤 가파르다.

잠재력 자체가 낮은지라 성장폭이 크지 않아야 정상임을 고려하면 훌륭하기 그지없었다.

그 외 네 명의 신입 대원도 고작 3주 만에 나름 만족스러운 능력치의 성장을 보였다. 적으면 3, 많으면 8 정도까지 신체적 능력치가 상승한 것이다.

하지만 단순히 능력치의 상승만이 이뤄진 게 아니다. 무기를 사용할 때의 기교와 강자를 상대할 줄 아는 기초를 익혔다. 전과는 전혀 다르다고 할 수 있다.

그들 모두 눈빛에서 자신감이 넘쳤다.

울며 도망가던 3주 전과는 비교가 되지 않았다.

'얼추 준비가 된 것 같군.'

랭킹전, 천명회!

드디어 완벽하게 구색이 갖춰졌다.

'명단에 적힌 놈들을 제대로 손봐줘야겠지.'

천명회에서 땅따먹기를 하려 했던 자들.

데빌헌터를 음해하는 데 앞장선 놈들.

당연히 잊지 않았다.

그 모두의 이름이 적힌 명단을 김용우가 건네준 바가 있었다. 랭킹전이라는 묘수가 없었다면 단번에 쓸어버렸을 것이지만……

나는 희미하게 미소를 지었다.

어떻게 손을 봐줄까?

그 기대만으로도 며칠 후에 있을 랭킹전이 매우 기다려졌다.

Chapter 12

랭킹전

Dungeon Hunter

랭킹전!

각성자의 급을 나눌 기초 지표가 될 대회가 이제 며칠을 남겨두고 있었다.

김용우는 이왕 일을 벌일 거 크게 놀아보자며, 모든 길드에 랭킹전과 관련된 정보를 흘리고 각성자들이 주로 이용하는 홈페이지에 배너를 띄워 이목을 모았다.

강한 각성자의 싸움을 볼 수 있는 건 흔치 않은 기회다.

하물며 다른 5대 길드의 경우 천명회의 저력을 확인할 수 있는 자리였기에 빠지지 않을 게 분명했다.

그것도 모자라, 김용우는 보유한 자금을 아낌없이 풀었다.

랭킹전이 벌어질 장소는 서울 월드컵 경기장.

원하는 시기에 원하는 시간 동안 빌리는 데 막대한 로비가 들어갔다.

입장료는 일체 무료. 유명 연예인을 초빙하고 푸짐한 상품 또한 준비했다.

뿐만인가? 산하 정보팀을 만들어 랭킹전과 길드의 홍보에 주력했다.

그간 모은 김용우의 통장 잔액이 대폭 줄어들었음은 말할 필요가 없다. 그러나 김용우는 아까워하지 않았다.

길드 마스터의 자리를 보존한 채 모두의 뇌리에 박힐 수만 있다면 오히려 값싼 투자였다.

반응은 뜨거웠다.

대본 없이 치고받는 혈투인지라 공중파를 타지는 못하겠지만 개인 방송국, 신문 보도국 기자 등의 인터뷰가 쇄도하였다.

특히 각성자에 관한 소식만을 전하는 대형 케이블 TV에 경기 중계권을 넘길 수 있었다.

만약 이번 대회에서 대박이 터진다면 주기적으로, 주체적으로 랭킹전을 열어 막대한 수익을 올리는 것도 불가능하지만은 않을 듯싶었다.

이쯤 되자 가만히 지켜보려 했던 나머지 5대 길드의 엉덩이가 가려워졌다.

천명회의 입지가 크게 올라갈 것이 자명하니 배알이 꼴린다고 해야 할 것이다.

"랭킹전에 참여하고 싶다고? 그래, 해. 대신 길드마다 공격대 하나만 받을 거야. 특별히 진행해 주지. 최강의 공격대로 구성해서 오라고."

김용우는 개의치 않았다.

볼거리가 많아지고 관객이 느는 것은 김용우도 바라는 바였다.

이렇게 5대 길드 모두의 참여가 결정되었다.

비록 길드마다 하나의 공격대에 불과하지만 그것만으로도 엄청난 일대파장을 불러일으켰다.

각성자가 등장하고 누가 더 강한가에 대한 주제는 끊임없이 입방아에 올랐다.

게다가 그 강자라고 불리는 이 대부분이 5대 길드에 집약되어 있었다.

5대 길드 모두가 최강의 공격대를 구성해 참여한다면 결과가 어찌 될는지 도저히 예측할 수 없었다.

각성자들뿐만이 아니라 일반인들의 기대감도 유례없이 올라갔다.

이번 대회에서 우승하는 이가 최강이다. 모두의 뇌리에 그런 인식이 박힌 것이다.

대회를 직접 관람하고자 전국 각지에서 사람들이 모여들었다.

국내에 관심이 많은 해외 외국인 각성자도 대거 비행기에 올랐다.

"웰컴 투 코리아!"

김용우의 입가에 진한 미소가 지어졌다.

빰바밤~

거대한 나팔 소리.

관악기를 주로 다루는 악단이 정갈한 하얀색 정장 차림으로 일렬로 모여 있었다.

장대한 하나의 곡을 연주하며 분위기를 고취시켰다.

관악단의 차례가 끝나자 이번엔 여러 치어리더가 경기장의 한중간에 난입했다.

짧은 치마와 배꼽이 훤히 보이는 유니폼.

반짝이는 붉은색과 파란색 수술을 들고 열렬히 흔들며 관능미 넘치는 춤을 췄다.

"휘이익!"

남자들의 입꼬리가 절로 올라갔음은 당연지사.

64,000여 명을 수용할 수 있는 서울 월드컵 경기장에 4만이 넘는 인원이 들이닥쳤다.

지금 이 순간에도 그 숫자는 꾸준히 늘어나는 중이었다.

치어리더들의 응원이 끝나고 다음은 초청 가수의 차례

였다.

"모리! 모리!"

공연대에 모습을 드러낸 초청 가수는 요즘 한창 잘나가는 유명 아이돌 그룹, 모리!

5인조 그룹에다 라이브 실력도 출중하여 대한민국에서 가장 핫한 요주의 그룹으로 떠오르고 있었다.

볼거리 하나는 출중했다.

분위기가 한층 고조되었을 때쯤.

모리가 퇴장하고 김용우를 비롯한 천명회의 길드원들이 하나둘 나타났다.

정확히 백육십팔 명!

천명회의 모든 길드원이 참여했다 보아도 틀린 말은 아니었다.

특히 김용우는 대회를 주최한 자로서 한마디 하지 않을 수 없었다.

마이크를 꼬나 쥔 김용우가 씨익 웃으며 말했다.

"최초의 랭킹전을 관람해 주실 모든 신사숙녀 여러분. 환영합니다. 저는 천명회 길드의 수장 노릇을 하고 있는 김용우입니다."

형식적인 인사를 끝마친 후 김용우가 고개를 돌렸다.

"그리고 이번 랭킹전에 참여할 천명회의 자랑스러운 얼굴들입니다. 스물하나의 공격대, 이 자리에는 없지만 특별 초빙된 나머지 네 개의 공격대! 앞으로 수십 분 후면 총 스물다섯 개의 공격대가 경합을 벌이는 랭킹전이 진행될 예정입니다. 가슴을 저릿하게 만들고 눈이 휘둥그레지는 강자들의 향연! 과연 승리할 자는 누구일까요?"

모두의 얼굴에 긴장감이 서렸다.

관람객도, 출전하는 이들도 마찬가지다.

김용우는 씨익 웃으며 마침표를 찍었다.

"그럼 앞으로 삼 일간 열릴 축제를 즐겨주시길 바라며 지루한 연설은 여기까지 하겠습니다. 감사합니다!"

"와아아아아!"

귀청이 떨어져 나갈 듯한 함성!

랭킹전의 막이 올랐다.

예선.

본선에 나갈 공격대를 뽑는 경기.

천명회에서 참가한 21개의 공격대 중 절반가량이 바로 이 예선에서 떨어질 예정이다.

특별 초빙된 네 개의 공격대는 16강부터 참가하기에 오직 11개의 공격대만 본선에 진출할 수 있다.

당연히 불타오르는 견제의 시선을 서로에게 보낼 수밖에 없었다.

"공대장님, 저희 첫 상대는 흑표범 공격대라는데요?"

대기실에서 김춘원이 대진표를 보곤 말했다.

이지혜가 그 말을 받았다.

"공격대에 포진된 이름이 만만치 않네요. 여덟 명 모두 천명회 길드를 설립할 때 있었던 멤버예요. 실력이 상당한 데다 마법 무구도 여럿 갖추고 있어서……. 처음부터 쉽지 않은 싸움이 되겠군요."

"상처를 입는 게 두려운가?"

내가 묻자 이지혜가 고개를 저었다.

"그런 건 아니에요. 일정 수준의 충격량을 막아주는 실드 아이템도 있잖아요? 창고에 잠든 물약들도 아낌없이 풀 생각인 모양이니까요. 다만 흑표범 공격대를 이겨도 저희는 계속해서 강팀만 만나게 되어 있다는 게 조금 걱정이에요."

진짜 날이 선 검이나 도 따위의 무기를 들고 싸우는 대회다.

안전대책을 세워놓지 않을 리가 없었다. 거기서 채택된 게 바로 실드 아이템이었다.

대장장이와 인첸터들이 합심하여 만들어낸 역작으로, 등급은 노멀에 불과하나 적당한 양의 충격을 흡수해 준다.

그 실드가 깨지느냐 유지되느냐에 따라서 전투의 속행이 정해진다.

실드가 깨진 상태로 싸움에 임하면 부정처리 되어 팀이 탈락하는 것이다.

그다음으로 준비한 것은 창고에 잠든 수많은 물약이었다.

던전에서 찾은 물약의 숫자는 물경 백이 넘었는데 모두 이번 랭킹전에 투입할 예정이었다.

육체적 부담은 상당히 적어졌으나, 이지혜가 걱정하는 건 대진표였다.

이겨도 계속해서 강한 공격대를 만나는 구조다.

누군가의 입김이 작용했다고밖에 느껴지지 않는 대진표였다.

"걱정할 필요 없다. 너희들은 제법 쓸 만해졌으니."

어디까지나 인간 기준이지만 3주간의 훈련을 통해 탈피한 것은 사실이었다.

적어도 스킬의 활용이나 무기를 사용하는 기교 등은 비교도 할 수 없으리만큼 좋아졌다.

대기실 안에는 벽걸이형 TV가 걸려 있었고 모두 그곳에서 중계되는 영상을 통해 대회를 바라보는 중이었다.

예선 첫 번째로 혈투를 벌일 이들은 '악바리' 공격대와 '미스테이크' 공격대였다.

그중 악바리 공격대는 김태환이 공대장으로 있는 곳이었다.

김용우가 건넨 명단 내에 김태환의 이름은 없었는데, 오히려 데빌헌터 공격대의 입장을 조금은 비호하던 쪽이라고 한다.

그날 엘리베이터에서 말한 내용들이 진짜 충고였다는 게

밝혀진 것이다.

"뭐야? 특전사 흉내라도 내는 건가?"

김춘원이 작게 중얼거렸다.

말마따나 악바리 공격대의 대원들은 얼굴에 먹물을 묻히고 주황색의 무도복을 입고 있었다.

무도복에는 한자로 '必勝'이라 적혀 있었다. 필승. 반드시 이기겠단 의지다.

동시에 랭킹전의 시작을 알리는 호루라기가 불렸다.

"악바리 공격대는 전원이 전사 계열 직업인가 본데요? 반대로 미스테이크 공격대는 근거리 딜러와 원거리 딜러가 적절히 배치되어 있고요."

유은혜가 내 옆에 달라붙어 말했다.

단순히 싸움의 국면만 보자면 악바리 공격대가 불리하다.

오로지 전사밖에 없으니 도리어 틈이 늘어날 수밖에 없었다.

공격할 수 있는 방위에는 한계가 있었다.

게다가 원거리에서 들이닥칠 공격을 막아낼 가더도 고작 해야 둘이 전부였다.

그 사항을 지적하듯 TV 중계진의 목소리가 스피커를 타고 흘러나왔다.

—이럴 수가! 악바리 공격대 전원 돌격합니다. 방패를 든

가더를 앞세우지 않는 건가요? 이건 난전으로 가겠다는 건데요!

—미련합니다. 보세요. 벌써부터 실드가 깨지는 사람이 속출하고 있지 않습니까?

—김유원, 차두삼 선수 속행 불가! 아, 안타깝습니다. 그럼에도 돌격을 멈추지 않는 악바리 공격대!

—붙었습니다. 미스테이크 공격대 혼란에 빠집니다. 그런데 김태환 공대장의 검에서 아지랑이 같은 빛이 뿜어지는데요? 저 스킬은 뭡니까?

—마력응집이라 하더군요. 검의 절삭력을 높이는 스킬이라 합니다. 아아! 미스테이크 공격대의 가더가 막아보지만 역부족, 밀어붙입니다!

—결국 난전이 되었군요. 허…… 대단한 돌파력입니다.

—미스테이크 공격대의 원거리 딜러들, 같은 편에게 스킬을 날립니다! 눈 뜨고 볼 수 없는 실책!

—이건 거의 끝났다고 봐야겠군요. 상대의 의도가 뻔한데 막지 못한 건 확실히 뼈아픕니다. 이 랭킹전, 아직은 부족한 게 많은 것도 같지만 그렇기에 오히려 흥미롭습니다. 계속해서 보겠습니다.

압도감 가득한 경기가 끝나고 승자는 악바리 공격대로 결정되었다.

검투사들이 생사를 걸고 싸우는 콜로세움을 떠올리게 만드는 이 경기에 관객들이 너 나 할 것 없이 호응했다.

"……흑표범 공격대에 속한 사람들에 대해선 제가 사전에 조사를 끝내놨어요. 지금부터라도 작전과 포메이션을 짜야 되지 않을까요?"

전략 전술의 중요성을 깨닫고 이지혜가 제안했다.

단순히 8명이 모여서 부딪히는 경기지만, 그 안에 오가는 심리전은 상상 이상이었다.

하지만 나는 단호하게 말했다.

"필요 없다."

"예?"

"예선전은 나와 크라스라면 충분해."

"공대장님, 이야기는 알겠지만 흑표범 공격대는……."

"나는 두 번 말하는 걸 싫어한다."

"……알겠습니다."

이지혜가 고개를 끄덕였다.

확실히 그녀가 본 나의 무력이란 그다지 대단한 것이 아니었다.

오히려 크라스라가 더욱 강하다고 생각해도 이상하지 않았다.

하지만 이번 대진표.

아주 마음에 든다.

데빌헌터 공격대를 견제하려는 자들.

명단에 적힌 이들이 자진하여 이처럼 대진표를 조작한 거 같은데……. 아마 김용우도 그를 알기에 굳이 손을 쓰지 않았으리라.

흑표범 공격대를 박살 내며 이지혜가 바라보는 나의 인상을 확실하게 바꿔줄 수 있을 듯했다.

"데빌헌터 공격대! 데빌헌터 공격대 나와 주세요! 다음 예선전이 5분 뒤에 시작합니다!"

때마침 노란색 옷을 입은 도우미 한 명이 대기실의 문을 열고 크게 외쳤다.

차례가 온 것이다.

나와 크라스라를 제외한 대원들의 눈동자에 긴장감이 서렸다.

나는 앞장서며 말했다.

"가자."

입가가 미묘하게 비틀렸다.

압도적인 무력이라는 게 무엇인지…….

이번 기회에 확실하게 보여줄 필요가 있지 않겠는가.

넓은 그라운드.

그 사이를 두고 선 16명의 대원들.

하지만 서로의 포메이션에는 확실하게 차이가 있었다.

흑표범 공격대의 경우 4명이 전진 배치, 4명이 뒤에서 보조하는 형국이었지만, 데빌헌터는 2명이 전진 배치되고 나머지 6명이 뒤에 서 있었다.

특히 데빌헌터 공격대의 대원들은 모두 해골 가면을 쓰고 있었다.

그런데 보여주는 위압감과 달리 나오는 이가 고작 둘이자, 상대편과 관람객, 중계진 모두가 의아해할 수밖에 없었다.

─무슨 생각일까요? 방패를 든 가더도 아닌 것 같은데요.

당연히 가장 앞에 선 이는 나와 크라스라였다.

그리고 우리 둘이 가장 앞에 섰다는 건…….

삐이익!

쿵!

상대에게 격차를 알려주기 위함이었다.

숨 쉴 시간조차 주지 않겠다는 뜻이다.

호루라기 소리가 나자 나는 바닥을 강하게 내려쳤다.

흙먼지가 피었고, 날아가듯 달려가 상대의 면전에 도착했다.

"어? 어……."

콰직!

검을 사용할 필요도 없었다.

너무나도 빠른 진격.

상대방이 어리둥절해하고 있을 때 주먹이 복부에 정확하게 들어갔다.

채애앵!

전신에 가해지는 충격을 흡수하던 실드가 깨졌다.

실드는 목걸이 형태로 흔들리지 않도록 고정되어 있었는데 사용이 다하자 산산조각이 난 것이다.

고작 한 차례.

공방도 오가지 않았다. 일방적으로 한 대 얻어맞은 게 다다.

"우웨에엑!"

피 한 사발을 토해내며 상대가 쓰러졌다.

하지만 이게 전부면 싱겁다.

주먹이 들어가는 찰나와 같은 시간, 나는 뇌신공의 전력이 상대의 몸에 잔류하도록 만들었다.

이게 무슨 뜻인가 하면…….

잔류한 전력이 세포를 갉아먹고 혈관을 막아, 적어도 유니크 등급의 전격 스킬을 가진 자가 손보지 않으면 천천히 죽어갈 것이었다.

당연히 인간들 중에서 그런 이는 없으니 미래가 정해졌다 보면 된다.

흑표범 공격대는 내가 만든 공격대를 외부도 아닌 내부에서 비방한 이들로 구성돼 있었다.

단순히 주먹다짐으로 끝낼 수는 없는 노릇이다.

확실하게 쳐내지 않으면 결국 곪아 터지는 법.

어수룩하게 끝낼 생각이었거든 아예 시작도 하지 않았다.

"끄아악!"

크라스라가 창대를 휘둘러 상대의 몸에 꽂았다.

이후 빙글빙글 돌리더니 그대로 내동댕이쳤다.

실드가 단번에 파괴되고 육체에도 상당한 데미지가 누적되었다.

양과 늑대?

아니.

양과 호랑이, 사자마저 뛰어넘어, 숫제 말벌과 일벌의 수준이다.

말벌 두 마리가 일벌 수만 마리를 학살하는 그 장면이 떠오르는 상황이었다.

도저히 상대가 되지 않았다.

폭풍처럼 휘몰아치는 두 명의 공격수에게 속수무책으로 당하고 있었다.

그렇게 차례차례 한 명씩 쓰러져, 최종적으로 흑표범 공격대 전원이 바닥에 드러누웠다.

—이게…… 대체…….

관람석은 조용했다.

중계진조차 뭐라 말을 꺼낼 수가 없었다.

그만큼 순식간에 지나간 장면들은 '규격 외'를 떠올리게 하는 요소가 많았다.

삐이이익!

대전이 종료되었다는 호루라기 소리가 어느 때보다도 크게 들려왔다.

파죽지세!

예선전은 총 세 번을 연달아 싸워야 했고, 세 번 모두 나와 크라스라만으로 끝냈다.

우리를 상대했던 공격대의 대원들은 모두가 실려 나갔으니 가장 핫하게 떠오르는 공격대로 부상하게 되었다.

그렇게 첫날 예선이 끝났고 대회와 관련된 영상은 인터넷으로 날개 달린 듯 퍼져 나갔다.

여러 볼거리와 아이돌 그룹 모리의 출현 등 대회에 참석하지 못한 네티즌들이 부럽다는 반응을 보였다. 하지만 그중에서도 가장 이야기가 많이 나오는 건 당연히 데빌헌터 공격대에 관한 사항이었다.

「데빌헌터 공격대? 너무 강한 듯. 이건 뭐 다른 공격대가 상대가 안 되네.」

「마치 공격대계의 바르셀로나?」

「천명회 길드원들이 약한 거겠지. 아직 모름. 본선은 각 길드
의 최강자들이 나올 테니 조금 더 지켜봐야 함.」

「데빌헌터 공격대 두 명이서 모든 게임을 끝냈다. 나머지 여
섯이 나서면 더 볼 필요도 없다.」

크게 두 갈래로 나뉜 반응들.

하지만 은연중 인정하는 것은, '고작 둘이서 대전을 끝낼
정도로 아주 강력한 인원들로 구성되어 있을 것'이라는 점이
었다.

이 여론은 데빌헌터 공격대를 상대해야 하는 이들에게도
강력한 압박으로 다가왔다.

모든 것을 뒤로한 채 오로지 데빌헌터 공격대를 상대할 방
법만 강구했다.

하지만 그런 방법들조차 소용이 없다는 걸, 그들은 다음
날 깨닫게 되었다.

2일 차.

본선의 막이 올랐다.

해골 가면을 착용한 여덟 명의 데빌헌터 공격대가 그라운
드 위에 올랐다.

어제보다 한결 여유로워진 태도들.

그들이라고 왜 모르겠나. 결국 이 무대의 주인공은 두 명 뿐이었다.

첫날 '너희들에게 기대하지 않는다'던 말을 스스로도 인정 하게 만들 광경을 보았으니…….

─자, 예선에서 가장 큰 이슈로 떠오른 데빌헌터 공격대 가 출전했습니다. 이번 상대는 5대 길드 중 한 곳인 '미스릴' 길드의 최강 공격대 '그리즐리'인데요. 어제와 같은 파격적인 행보를 보일 수 있을 지요?

중계진은 나름 기대한다는 눈빛으로 그라운드를 내려다 봤다.

어제의 예선은 천명회의 길드원들로만 치러졌다.

하지만 오늘 본선은 다르다. 다른 네 개의 길드에서 최강 의 조합으로 공격대를 짰다.

실제로 이 경기가 있기 전, 전원이 원거리 딜러로 구성된 담비 길드에서 상대를 아주 묵사발 내는 장면을 보았기에 이번 경기는 어제와 다른 양상이 펼쳐지리라고 예상하고 있 었다.

삐이익!

경기의 시작을 알리는 호루라기가 불렸다.

하지만 아무도 움직이지 않는다.

그리즐리 공격대의 대원 8명 전부가 나와 크라스라의 눈치를 보는 중이었다.

나는 그들의 의도를 순식간에 읽었다.

'두 명이 파고들면 둘러쌀 생각이군.'

피식 웃으며 앞서 나간다.

풀로 만든 벽 따위가 내 발목을 잡을 수는 없었다.

"가더! 방패강화!"

"방패강화!"

척. 척.

일사분란하게 움직이는 네 명의 가더들.

내가 공격할 방위를 모두 차단시키고 어디 한번 들어오려면 들어와 보라는 듯 도발을 날린다.

"힘의 숨결!"

축복을 내리는 사제마저 있었나?

수비에 극도로 치중된 구성이었다.

확실히 어느 정도의 강자를 상대할 때 이보다 좋은 구성은 없다.

방어를 뚫지 못하면 스스로 지쳐서 나자빠지게 되어 있었다. 하지만 규격 외라면 이야기가 다르다.

나는 이 대회에서 처음으로 분노를 꺼냈다.

86에 달하는 힘은 고작 가더들과 사제가 강화한다 하여 막을 수 있는 게 아니었다.

쾅!

방패의 표면을 내려치자 마치 폭발하듯 방패의 파편이 사방으로 퍼진다.

—아, 아이템의 효과인가요? 대단합니다!

그들 중 누구도 순수 힘에 의한 결과라고는 생각하지 못했다.

내가 꺼낸 분노가 그런 효과를 가지고 있다고 짐작할 뿐.

쾅! 쾅!

내려칠 때마다 방패가 비명을 내지르며 터져 나갔다. 이에 가더들이 한 발자국 물러나고 근거리 딜러가 그 자리를 차지했지만 크라스라가 찔러오는 무자비한 창격에 바닥을 뒹굴었다.

미스릴 길드의 정예만 모았다는 최강의 공격대, 그리즐리. 하지만 예선과 다르지 않은 양상이 계속되고 있었다.

본선이 절반쯤 치러졌을 때.

이제는 누구도 데빌헌터 공격대의 패배를 입에 담지 않았다. 도리어 데빌헌터 공격대와 맞붙는 상대를 측은히 여길 정도였다.

맞붙으면 반드시 깨진다 하여 기권을 하는 팀도 나왔다.

오직 두 명만으로 이룩해 낸 성과였다.

슬슬 때가 됐다고 생각한 나는 4명을 거꾸러뜨린 후 나머지 4명을 대원들이 처리하도록 남겼다.

이러면 이미 기세가 잔뜩 꺾인 상대팀은 나와 크라스라의 눈치를 보면서 싸움에 임해야 했기 때문에 속수무책으로 당할 수밖에 없었다.

잔반처리반과 비슷한 느낌이었지만 대원들은 불만을 토하지 못했다.

여기까지 올 수 있었던 것도 모두가 내 덕임을 아는 탓이다.

시작부터 우승이 결정된 대회.

결국 이변은 일어나지 않았다.

S랭크!

대한민국 최강의 공격대임을 알리는 증표가 수여됐고, 데빌헌터라는 이름이 사람들의 뇌리에 들어박힌 순간이었다.

Dungeon Hunter

수많은 인터뷰 요청을 단칼에 끊어버린 후, 나는 던전으로 돌아왔다.

국가공인은 아니지만, 어차피 각성자들 사이에서 데빌헌터란 네 글자는 이제 명실상부한 S랭크 공격대였다.

최강, 오직 하나의 공격대에게만 허락된 칭호!

굳이 더욱 소란을 키울 필요는 없었다. 딱 이 정도가 내가 바라는 수준이었다.

'덕분에 계획을 앞당길 수 있겠군.'

본래 조금씩 공격대의 규모를 키워서 영향력을 늘릴 계획이었다.

한데 김용우가 꺼낸 랭킹전이란 묘수 덕분에 일의 진행이 훨씬 빨라질 것 같았다.

전생에선 랭킹전이란 게 없었다.

각성자들이 서로 맞붙는 대회가 있긴 했지만 급수를 매기고 나누는 데 이용되진 않았다.

국가와 각성자들이 협력하여 기준안을 만들고 그에 따라 급수가 결정되는 게 본래 있어야 할 미래.

하나 나란 존재의 개입으로 김용우는 랭킹전을 채택했고 그렇게 미래가 바뀌었다.

회귀하고 고작 1년이 조금 넘었을 시간.

각성자들의 뇌리에 선명한 이미지를 새기지 않았는가?

나는 여기까지 오는 데 3년을 생각하고 있었다.

'안 그랬다면 굳이 그런 귀찮은 짓을 할 리가 없지.'

2년을 줄일 수 있는 계획이다.

길드에 돌아가 즉시 마녀사냥을 한 이들을 박살 내지 않고, 임시 대원을 뽑아 그들을 훈련시킨 모두가 시간을 대폭 줄일 수 있으리라 판단해서였다.

아니었다면 뭐 하러 그런 귀찮은 짓을 하겠는가.

'슬슬 몬스터 웨이브를 준비할 시기다.'

몬스터 웨이브.

대거의 몬스터가 던전을 벗어나 국가를 침공하는 것!

나는 그 준비를 하려고 던전을 찾아왔다.

최강의 공격대란 칭호를 얻은 즉시 실행하려고 했던, 그러
니까 본래의 계획대로라면 2년 후에나 준비했을 일을 나는
고작 1년 만에 준비하기 시작한 것이다.

던전의 최상층에 도착한 나는 던전 코어 위에서 꾸벅꾸벅
졸고 있는 이히의 이마를 지그시 눌렀다.

"아야! 우씨! 누구야!"

잠이 깬 이히가 인상을 찌푸리며 고개를 돌렸다가 바짝 굳
었다.

'어버버' 소리와 함께 눈을 몇 차례나 비비더니 이내 울상
을 지었다.

"팔자가 좋군."

"바, 방금 잠든 거예요. 이히는 오매불망 마스터만 기다리
고 있었답니다."

입에 침도 안 바르고 뻔한 거짓말을 한다.

나는 개의치 않으며 물었다.

"됐다. 그보다 포인트가 얼마나 남았지?"

"으음, 잠깐만요. 어디 보자, 엘릭서 구매 건으로 10만 포인트를 사용해서 이제 163,752포인트가 남았어요."

"살짝 부족하군."

경매에서 물건들을 구입하느라 사용한 포인트가 너무 많았다. 물론 후회하진 않지만 잔액이 텅텅 비는 데 결정적인 요인을 한 건 부정할 수 없었다.

이히가 고개를 갸웃거렸다.

"왜 그러세요, 마스터? 포인트를 사용할 일이 있나요?"

"오우거 몇 기와 트윈헤드 오우거를 구입하려 한다."

"어, 엄청나게 부족한데요……."

이히는 계산을 해보곤 헉 소릴 냈다.

둘 다 상급에 등재된 마수들로, 오우거는 40,000포인트, 트윈헤드 오우거는 250,000포인트나 하는 것들이었다.

당장 가진 16만 포인트로는 오우거 네 마리가 한계였다.

트윈헤드 오우거는 언감생심 꿈도 꿀 수 없었다.

나는 잠시 턱을 쓸다가 말했다.

"드워프와 다크 엘프들을 소집해라. 그들이 해줄 일이 있다."

Chapter 13
던전 공방록

Dungeon Hunter

던전 6층.

나는 내정 모드로 들어가 그곳의 지형 변경을 시도했다.

5층까지는 마수들의 생태가 조성되어 있지만 아직 6층은 텅텅 빈 상태.

내가 바라는 것을 얻으려면 그곳을 개간하여 특수한 마수를 길러낼 필요가 있었다.

하지만 지형 변경 자체에도 포인트가 들어간다.

나는 10만 포인트가량을 들여, 6층의 상당한 면적을 선택하고 '용암지대'로 변경했다.

쿠르릉!

던전이 흔들리며 6층의 변화가 시작되었다.

먼저 땅이 갈라지고 틈이 생겼다.

그 틈 사이로 30m 정도의 간헐적인 화산이 튀어나왔다.

다섯 개 정도가 그런 식으로 생성되더니, 화산은 이내 분출구에서 꾸역꾸역 용암을 토해냈다.

지정한 면적 내에서 끊임없이 순환하는 용암지대가 완성된 것이다.

당연히 여기서 끝날 리가 없다.

나는 하급 마수 3Lv로 지정된 '파이룩의 유충'을 용암지대에 풀었다.

파이룩의 유충은 한 마리에 1,200포인트나 하는 마수.

오크의 약 1.7배나 비싼 게 고작 손바닥 크기의 유충이었지만 나는 그것을 40마리나 구매했다.

구매하는 손길에 망설임이 없었다.

'이 중에 성체가 되는 게 한 마리라도 있어야 한다.'

파이룩은 유충일 땐 용암 안에서 살다가 성체가 되면 용암 바깥에서도 살아갈 수 있다.

지금은 비록 붉은 기가 감도는 애벌레의 모습이나 3번의 탈피 과정을 거쳐 성체가 되면, 용의 꼬리와 박쥐의 날개를 지닌 크기 1m가량의 중급 마수가 된다.

하지만 만물상점에서도 성체가 된 파이룩은 팔지 않았다.

유충에서 성체가 되기까지 3번의 탈피 과정을 겪으며 99%가 죽어 나가는 탓이다.

아주 엄중한 관리를 받을 필요가 있었고, 해서 다크 엘프와 드워프를 소집했다.

'불과 관련된 마력의 근원을 찾을 수 있는 마수.'

성체가 된 파이록은 불의 마력이 담긴 돌을 먹고 산다.

용암이 고결된 화산암을 뜻하는 것인데, 본능적으로 불의 마력을 느끼고 찾아갈 수 있었다.

내가 파이록의 유충을 구입한 건 바로 위와 같은 이유 때문이었다.

이히가 나를 바라보곤 고개를 갸웃했다.

"마스터, 파이록의 유충은 키우기 매우 힘든 마수예요. 그 야 성체가 되면 중급 마수 중에서도 아주 강한 축에 들겠지만 이히가 볼 땐 수지가 안 맞는 장사예요. 이미 구입하긴 했지만요."

"나도 안다."

"만물상점에서 성체를 팔지 않기 때문인가요? 그야 궁금할 수도 있지만 그렇다면 이히가 성체가 된 파이록의 생김새를 그려 드릴게요. 딱 한 번 본 적 있는데 무척 귀여웠거든요."

이히의 그림 실력은 그다지 믿을 게 되지 못했다.

게다가 이히의 말처럼 궁금해서 키우는 것과는 거리가 멀었다.

파이록의 성체로 내가 행하려는 건 따로 있었다.

'던전의 마력을 유지하는 네 가지 속성의 제단. 그중 불의 제단을 찾는다.'

이 역시 전생에서 얻은 정보 중 하나였다.

던전에는 네 가지 속성을 지닌 제단이 숨겨져 있다.

제단을 발견하면 그곳을 지키는 강력한 상급 마수를 얻을 수 있다.

파이록은 그 제단을 찾는 일에 사용된다.

여태까지 제단을 내버려 둔 건 발견해도 딱히 쓸데가 없으리라 여겨서다.

업적을 안 준다는 건 전생에서 확인했다.

그리고 상급 마수를 풀어 놓은들 인간들의 대량 학살 외에 내게 가져다주는 이득이 없었으니까.

하지만 지금은 다르다.

나는 명실부상 대한민국에 존재하는 각성자들의 정점에 섰다.

몬스터 웨이브로 상당한 타격을 입었을 때 각성자들을 선동하여 그것을 막아낸다면 내가 하는 말 한마디가 이 대한민국이란 나라를 들썩이게 만들 수 있을 것이다.

굳이 정점의 자리가 아니더라도 가능은 할 테지만 그래선 임팩트가 부족하다.

몬스터 웨이브도 마음대로 할 수 있는 게 아니었다.

하여 한 번으로 확실한 효과를 봐야 했다.

이제 정점의 자리에 섰으니……. 몬스터 웨이브는 각성자 외의 민간인들에게도 강렬한 인식을 새기며, 확고한 1인자의 자리를 다지는 절호의 기회가 되어줄 터였다.

무엇보다.

'이 나라의 사람들과 지도부들은 심각할 정도로 안전 불감증에 걸려 있지. 던전이 생기고 마수란 존재가 파악됐음에도 미적지근한 움직임만 보이고 있어. 그 인식을 깨부순다.'

대한민국.

국민 대다수가 안전 불감증에 걸려 있었다.

던전과 북한에 관련된 이슈는 끊임없이 나오지만 대처가 느리다.

실질적인 위협이 있어야만 움직이는 나라였다.

그럴 수밖에 없는 게, 이 나라의 지도부들은 던전을 선전 도구로 이용하곤 하였다.

전생에서 숱하게 겪어봤으니 확실하다.

'각성자들이 더욱 필사적으로 성장할 수 있도록. 그럴 만한 환경이 조성될 수 있도록. 그리고…… 나 자체가 하나의 상징이 된다면, 다른 마족의 던전을 칠 때 커다란 힘이 되어줄 터.'

미래까지 내다본 선택이었다.

게다가 각성자들이 살신성인하여 몬스터 웨이브를 막아낼 경우 그들의 사회적 지휘가 상향되고 각성자들도 민간인을 보호하기 위해, 자신들의 생존을 위해 더욱 필사적으로 강해지려 노력할 것이었다.

반대급부로 특권 의식을 가진 채 그것을 행하려는 각성자도 생기겠으나 적당한 부패는 오히려 원동력이 된다.

심하게 썩는다면 내가 도려낼 수도 있었다.

이유는 또 있다.

이번 기회에 크리슬리의 데뷔전도 시킬 예정이었다.

나는 그녀를 표면적 던전 마스터로 내세울 작정이었으므로.

일거십득의 계획!

이 정도면 제단의 마수를 사용해도 괜찮겠다 싶었다.

포인트도 부족하니, 이럴 때가 아니면 언제 사용하겠는가.

"마스터?"

내가 가만히 생각에 잠겨 있자 이히가 의아해하며 말을 걸었다.

나는 무덤덤한 표정으로 입을 열었다.

"이히, 다크 엘프와 드워프는 모두 모였나?"

"아까 전부 모였어요. 이히가 불러올까요?"

"그래."

고개를 끄덕이자 이히가 짧은 날개를 파닥이며 빠르게 날아갔다.

"던전 마스터를 뵙습니다!"

"던전 마스터를 뵙습니다!"

다크 엘프 오십과 드워프 이십.

그들이 자로 잰 듯 나뉘어 내게 무릎을 꿇었다.

다크 엘프의 무리 중에는 크리슬리도 포함되어 있었다.

더욱 살이 올라, 보다 완성된 미(美)를 뿜어대고 있었다.

미의 여신이라 칭해도 부족함이 없을 수준에 나조차 감탄할 수밖에 없었다.

웬만한 여인으로는 꿈쩍도 하지 않는 나이건만 절로 욕정의 끄트머리가 고개를 들려 할 정도이니…….

나는 고개를 내저으며 심안을 열었다.

한 달간의 성과를 보고 싶었다.

이름 : 크리슬리

직업 : 없음

칭호 :

  *진마룡의 피를 잇는 자(Epic, 지능 마력+6)

  *달의 가호를 받는 자(Ex U, 마력+8)

능력치 :

  힘 26

  지능 94(+6)

  민첩 28

  체력 32

  마력 55(+18)

잠재력 (235+24/478)

특이사항 : 진마룡 아오진과 다크 엘프 하이어 쉴라의 피를 이어

그 성장의 끝을 알 수가 없습니다.

스킬 : 시체 조종술(R), 언데드 제조(U)

[전후 비교]

힘 23 지 100 민 21 체 27 마 60 잠재력 (211+20/478)

힘 26 지 100 민 28 체 32 마 73 잠재력 (235+24/478)

마력 4가 추가로 붙은 건 '죽음 지팡이'의 옵션이었다.

건강을 회복하자 능력치도 빠르게 올라가고 있었다.

하나 나는 스킬의 시체 조종술이 레어 등급으로 변모한 걸

보고 크게 놀랐다.

고작 한 달.

노멀 등급이었던 시체 조종술을 레어 등급으로 끌어올린

것이다.

'허.'

이게 지능 100의 위력인가?

믿겨지지 않는 스킬의 성장 속도였다.

몇 개월이 더 지나면 시체 조종술을 유니크 등급으로 끌어

올리는 게 불가능하진 않을 것 같았다.

언데드 제조도 마찬가지다.

하여간 내 휘하의 종이 성장한다는 건 좋은 일이었다.

나는 고개를 주억이며 입을 열었다.

"그대들 중 대군을 지휘해 본 경험자가 있나?"

두 명이 손을 들었다.

다크 엘프 줄리엄과 드워프 스테인.

둘 다 마을을 이끄는 지도자적 존재였다.

"둘뿐인가?"

"대군을 바라보는 기준에 따라 달라질 것 같습니다, 던전 마스터시여."

줄리엄이 조심스럽게 의견을 개진했다.

"500명 이상만 되어도 좋다."

"그렇다면 두 명이 더 있나이다."

다크 엘프에 셋.

나는 시선을 옮겼다.

"드워프는?"

"한 명이 더 있습니다."

"총 다섯인가. 얼추 맞겠군."

몬스터 웨이브라고 마구잡이로 마수를 풀어 놓을 수는 없는 노릇이다.

그들을 지휘하며 이끌 존재들이 필요했다.

"너희 다섯은 세 걸음 앞으로 나오라. 크리슬리는 특별히 두 걸음까지 허용한다."

크리슬리를 비롯한 다섯이 주춤 몸을 들어 내 명에 따랐다.

다크 엘프와 드워프는 세 걸음.

크리슬리는 두 걸음 떨어져 있었다.

"앞으로 일주일 후 1차 몬스터 웨이브에 나설 것이다. 오크나 코볼트, 놀 따위로 5천의 숫자가 구성될 것이며 마수들을 지휘해 인간들을 혼란케 하라."

"던전 마스터시여, 1차라 하시면?"

적절할 때 줄리엄이 궁금증을 물었다.

"1차 몬스터 웨이브는 인간들에게 경각심을 일깨워 주기 위한 장치에 지나지 않는다. 크리슬리를 제외한 너희 다섯만 나서라. 마수들은 모두 잃어도 좋으나 각 지휘자들은 무사히 복귀하도록. 이후 두 달 후 2차 몬스터 웨이브에 나간다. 그때의 총지휘자는 크리슬리가 맡는다. 또한 출격하는 마수의 질도 달라질 것이다."

1차는 맛보기다.

나는 주먹을 꽉 쥐며 이어서 말했다.

"시간이 촉박하다. 우선 각 지휘자에게 천 마리의 마수를 배정하겠다. 일주일간 기초라도 잡을 수 있게 훈련시켜야 할 것이다. 이후 던전을 나가 인간들을 유린하라!"

"명을 받듭니다."

"명을 받듭니다!"

크리슬리를 포함한 여섯의 지휘자가 더욱 깊이 고개를 숙였다.

"나머지 다크 엘프들과 드워프들은 따로 할 일이 있다. 6층 용암지대에 파이록의 유충이란 마수를 풀어 놨으니 잘 성장토록 너희가 돌봐라. 배를 내민 채 용암 위로 떠오르는 파이록의 유충을 지상에 건져 30분만 쉬게 하면 충분하다. 용암에도 녹지 않는 채를 만들고, 근처에 그대들이 머물 수 있는 집을 짓도록."

나는 빠르게 역할을 분담시켰다.

1차 웨이브가 있기까지 앞으로 일주일!

준비하려면 바삐 움직여야 했다.

Dungeon Hunter

3층과 4층에 존재하는 오크 500여 마리.

코볼트와 고블린 4,500여 마리.

추가로 하피 20마리와 코볼트와 고블린 사이에서 태어난 각 챔피언 열 마리가 이번 1차 웨이브에 투입될 마수로 지정되었다.

능히 인간들의 군대 정도는 격파할 수 있으리라 생각했다.

핵이 없는 나라. 탱크와 전투기가 대거 투입되면 얘기가 다르겠지만 일반 보병으로 마수들을 상대하기란 까다로울 수밖에 없다.

아무리 현대식 병기로 무장해도 그들이 인간인 이상, 죽음을 두려워하지 않는 대군 앞에선 기가 죽을 수밖에 없었다.

쿵! 쿵!

던전을 울리는 마수들의 발자국 소리.

마수대군이 던전 1층에 질서정연하게 정렬했다.

나는 가만히 오른손을 들어, 천천히 앞으로 뻗으며 말했다.

"출정하라."

"출정하라!"

쿵! 쿵!

다섯 지휘관을 필두로 5천에 달하는 마수 대군이 던전을 빠져나갔다.

북한산 근처 미르부대 주군지.

던전에서 마수가 튀어나올 때를 대비하여 배치된 군인들이었다.

민간인이 쉽게 찾을 수 없는 장소에 자리를 잡고, 던전 입구를 관찰하는 게 그들이 주로 하는 일이었다.

하지만 1년이 넘도록 마수가 던전을 빠져나온 일은 없었다.

기강이 태만해져 그저 형식적으로 순찰을 도는 게 일상이 되어버린 지금.

지휘부는 도시에서 들여온 오락거리로 화투를 치거나 카드게임을 하는 등 던전에 크게 신경을 쓰지 않았다.

"5땡입니다."

"미안, 나 땡잡이야."

본래는 작전 회의를 할 때 사용되어야 할 탁자 위가 화투판이 되어 있었다.

돈을 탕진한 이는 옆에서 손가락만 빨며 구경하고 있었고, 마지막까지 남은 이는 겨우 둘이었다.

하지만 이제 그것도 끝이 난 듯싶었다.

땡잡이에 돈을 잃은 군인이 울상을 지었다.

"중대장님, 너무하시지 말입니다. 조금만 봐주면서 하셔도 되잖습니까. 에휴! 오늘도 저희 소대 애들 치킨 사주긴 그른 것 같습니다."

중대장이라 불린 남자가 쯧쯧 혀를 찼다.

"새끼야, 네가 애들 치킨 사줄 생각이나 있었냐? 돈 따면 요 앞에 정 마담 불러서 노는 거 모르는 새끼가 없구만."

그때였다.

화투판에서 막 돈을 쓸어 담고 있을 때 벌컥! 문을 열고 들어온 이가 있었다.

중대장이 눈살을 찌푸렸다.

"들어올 때 노크하라고……."

"중대장님! 크, 큰일 났습니다! 몬스터 웨이브입니다!"

중대장은 코웃음을 쳤다.

"쟤가 뭐래는 거냐?"

"꿈이라도 꿨나 봅니다."

"저 친구 기가 좀 허했지 말입니다."

다른 군인들이 이어서 와자지껄 웃어댔다.

터엉!

하지만 연이어 다른 순찰조가 문을 박차고 들이닥치자 분위기가 바뀌었다.

"모, 몬스터 웨이브입니다!"

"추정 숫자 사천 이상! 마수들이 던전을 빠져나왔습니다!"

to be continued